복도식 아파트

복도식 아파트

서경희

차례

위성 도시

은영은 결혼과 동시에 연극을 포기하고 학습지 교사 생활을 시작했다. 부부 중 한쪽이 꿈을 포기하고 직업 전선에 뛰어드는 건 연극인 부부들 사이에서 종종 있는 일인 터라 큰 불만은 없었다. 은영은 연애 기간 내내 정수와 결혼하게 되면 자신이 연극을 포기하고 정수의 뒷바라지를 해주리라 마음먹었었다. 은영이 무대를 사랑하지 않아서 그런 결심을 한 건 아니었다. 배우로서의 가능성이 은영보다 정수가 더 컸기 때문이다.

은영은 돈을 모으려고 열심히 뛰어다녔다. 정수가 야간아르바이트를 하지 않고 연기에만 집중할 수 있는 환경을 만들어주고 싶었고, 이 년 뒤에는 좀 더 넓고 깨끗한 집으로 옮겨가는 꿈을 키웠다. 은영의 계획과 달리 돈은 모이지 않았다. 결혼식 없이 혼인신고만 하고 살림을 합쳤을 뿐인데 혼자 살 때와 달리 돈 쓸 일이 너무 많았다.

결혼한 지 이 년 뒤에 전세 재계약할 시점이 돌아오자, 주인은 오백만 원을 올려 달라고 했다. 그 사이 전세가 오른 건 사실이었다. 전세금 통장에 모아 놓은 돈은 이백오십만 원뿐이었다. 은영은 정수에게 이사를 하자고 했다. 정수는 너무 작은 집은 싫다고 했다. 그리고 반지하에는 죽어도 못 산다고 했다. 그는 결혼 전 친구들과 반지하에 살았던 경험이 있었다. 은영이 쥐고 있는 돈 으로 정수의 요구에 맞는 전셋집을 찾는 일은 불가능했다. 이사 하는 데 돈 백만 원은 쉽게 깨질 것이다. 이사를 하지 않고 재계 약하는 것으로 결론이 났다. 아버지가 삼백만 원을 빌려줬기에 가능한 일이었다.

그 후로도 집값은 무섭게 올랐다. 땅이며 상가까지 안 오르는 데가 없었다. 정부가 종부세 카드를 꺼내 들었지만, 집값은 좀처 럼 잡히지 않았다. 매주 토론 프로에 전문가들이 나와서 정부의 부동산 대책을 놓고 설전을 벌였다. 은영이 보기에 집값은 계속 해서 오를 듯싶었다. 은영이 불안해할 때마다 정수는 입버릇처럼 말했다.

"지금 집값 이거 정상 아니야. 거품이지. 두고 봐, 떨어진다. 곧 떨어져. 완전 팍!"

은영은 정수의 말처럼 집값이 폭락해서 전세금으로 아파트를 살 수 있기를 기대했지만 그런 일은 일어나지 않았다. 두 번째 전 세 갱신 기간이 돌아오자 이번에는 천만 원을 올려달라고 했다. 이 년 동안 집값이 무섭게 치솟은 결과였다. 은영은 집주인이 빌라를 얼마를 주고 샀는지 알고 있다. 은영이 사는 빌라는 원래 매매 물건이었다. 결혼할 때 은영은 무리해서라도 빌라를 샀으면 했는데 정수가 반대하고 나섰다. 그때 지금의 주인이 나타나 빌라를 매매했고 은영은 바뀐 주인과 전세 계약을 맺었던 것이다. 은영이 집을 비우겠다고 하자, 집주인이 의아한 듯 물었다.

"그 돈 가지고 옮길 데 없을 텐데요. 요즘 반지하부터 옥탑까지 안 오른 집이 없어요."

그 후로도 이 년마다 집을 옮기며 살았다. 금융위기 때 집값이 잠시 빠지기도 했지만, 전세금은 올라가기만 할 뿐 내려가지 않았다. 은영은 전셋집을 옮길 때마다 집을 사지 않은 것을 후회했다. 정수는 여기가 정점이다, 이제 떨어질 일만 남았는데 지금 집을 사는 건 바보짓이라며 은영을 말렸다.

이사할 때마다 대출금이 늘었다. 전세자금 대출은 빚 같지 않아서 이천, 삼천씩 늘어 가는데 걱정이 안 됐다. 대출금 이자가 다달이 통장에서 자동으로 빠져나갔다. 관리비처럼, 통신비처럼, 보험처럼, 은영도 모르는 사이에 빠져나갔다. 은영은 매달 이자를 내고 있다는 사실을 자주 잊어버렸다. 이자 내는 것을 잊고 지내다 보니 빚이 있다는 사실도 잊고 살았다. 이 년이 지나고 재계약 기간이 다가오면 비로소 대출금에 대해 생각했다. 대출을 또 받아야겠구나. 지난 이 년 동안 상당한 금액을 이자로 지출했구나. 은행에 이자를 갚다가 인생이 끝날지도 모르겠다. 원금은 영영 못 갚겠구나. 마음이 착잡했다.

어느 날 갑자기 갭투자라는 말이 생겨났다. 전세가가 꾸준히 오르면서 매매가와 전세가의 차이가 줄어들자, 전세를 끼고 집을 사는 투자자들이 늘어났다. 그들이 집을 사는 방식을 갭투자라고 불렀다. 전세 갱신할 때가 되자 집주인이 연락을 해왔다. 이천만 원을 일시금으로 올려주든지 반전세로 다달이 삼십만 원을 달라고 했다. 그야말로 집값이 미친 듯이 뛰고 있었다. 경제부총리가 뉴스에 나와서 빚내서 집을 사라고 했다는데, 은영은 드라마만 봐서 그 사실을 뒤늦게 알았다.

은영은 몸도 마음도 지쳐 있었다. 학습지 일을 그만두고 몇 달만이라도 쉬고 싶었다. 그보다 이번에는 무슨 수를 내서라도 내 집 장만을 해서 안정을 찾고 싶었다. 신혼생활을 했던 빌라를 무리해서 샀더라면 얼마나 좋았을까. 방이 세 개였고 그때 당시 지은 지 이 년 된 새 빌라였다. 세월이 흘러 지금은 지은 지 십이 년 된 오래된 빌라지만 가격은 세 배가 넘게 올랐다. 은영은 그 생각만 하면 우울증에 걸릴 듯했다. 온종일 다리가 순무처럼 단단해지도록 아파트를 돌아다니며 꼬맹이들을 가르쳐봤자 손에 쥐는 돈은 얼마 되지 않았다. 그런데 자기 돈도 아니고 은행 돈으로 집을 산 사람들은 적게는 수천에서 많게는 수억을 시세차익으로 챙겼다. 이러나저러나 이자 인생이었다. 은영은 당장 대출을 받아서 집을 사지 않고는 죽을 것만 같았다. 다들 집을 사서 부자가 되는데 혼자만 바보가 되고 싶진 않았다. 부동산 카페에서 말하길 이번이 마지막 기회라고 했다. 다시는 돌아오지 않을 기회라는 말이 은영의 가슴에 깊은 울림을 주었다.

정수한테 집주인이 오천만 원을 올려달라는데 어떻게 하면 좋겠냐고 물었다.

"이사를 하든, 대출을 더 알아보든 자기가 알아서 해. 나는 괜찮아."

그 말이 끝이었다. 이후로 더는 집 문제에 대해 한마디 말이 없었다. 그즈음 대학로에서 연극만 하던 정수는 처음으로 영화 작업을 하게 되었다. 페이도 없이 대학원생이 찍는 졸업 단편영화였다. 정수는 영화배우로 성공하는 꿈을 꾸며 무척 설레했다. 얼마 전까지 무대 위의 배우만이 진정한 배우라고 핏대를 세우더니 새삼스럽게 왜 저러나 싶었다. 정수는 요즘 들어 뜬구름 잡는 소리를 자주 했다. 대학로에서 가깝게 지내던 선배 중에 하나가

영화판으로 옮겨가서 성공하는 것을 본 뒤부터 그랬다. 한남동에 집을 샀다더라, 외제차가 세 대나 있다더라, 쫑파티에 와서 풀코스로 쏘고 갔다더라, 근데 3차는 룸살롱에 가서 양주를 샀다더라.

은영이 집 문제로 속을 끓이는 줄도 모르고 정수는 기분 좋게 취해서 들어왔다. 정수가 은영에게 비닐봉지를 내밀었다.

"자기가 좋아하는 딸기."

은영은 비닐봉지를 받지 않았다. 지하철이 끊어진 시간이니 택시를 타고 왔을 텐데, 정수한테는 택시비가 없었다. 택시비도 없는 사람이 딸기는 또 무슨 돈으로 산 것인지 모르겠다. 은영은 정수가 이번 달 용돈을 다 쓰고 없다는 것을 알고 있었다. 은영은 정수의 용돈을 체크카드에 넣어줬는데 정수가 체크카드를 쓸 때마다 사용 내역이 고스란히 은영에게 문자로 왔다.

"돈이 어디서 나서?"

"있어. 자기가 용돈 주잖아."

은영은 순간적으로 짜증이 치솟아서 견딜 수 없었다. 집 문제 때문에 골치가 아팠고 꼬맹이들 비위 맞춰가며 수업하는 게 요즘 들어 너무 피곤했다. 쌓인 화를 쏟아내지 않고는 견딜 수 없었다.

"다 썼잖아. 신발 사느라고. 십칠만 원이나 주고 운동화를 사고 싶냐? 지금 내가 신고 다니는 구두가 얼마짜린 줄 알아? 이만 오천 원짜리야. 지하철역 좌판에서 이만오천 원 주고 산 구두를 일 년 넘게 신고 다녀. 뒤축에 구멍이 나서 비가 오는 날이면 스타킹을 몇 번을 갈아 신는 줄 알아?"

정수도 버럭 성질을 냈다.

"잔소리 좀 그만해. 기분 다 잡쳤잖아. 너도 십칠만 원짜리 구두 사. 누가 구멍 난 구두 신고 다니래! 구두 사지 말라고 했어, 내가? 누나도 백화점 가서 구두 사. 그럼 되잖아. 누나가 좋아서 싸구려 사서 신고는 왜 나한테 지랄이야. 생활비 번다고 생색 좀 그만 내. 질린다 진짜."

그렇게 퍼부어 대고 정수는 집을 나가 버렸다.

'누나라고 부르지 말라고 했지. 내가 왜 네 누나야.'

차마 이 말을 입 밖으로 내뱉을 수 없었다. 은영은 그 자리에서 움직이지 않았다.

정수는 다혈질이긴 했지만 나쁜 사람은 아니었다. 마음이 여린 편이라 화가 오래 가지 않았고, 마음이 풀리기만 하면 사과를 잘하는 편이었다. 정수는 집을 나간 지 얼마 지나지 않아 문자로 은영에게 화해를 청했다. 우연히 선배를 따라 독립영화제

작사 회식 자리에 가게 되었다고 한다. 그 자리에서 정수는 춤 추고 노래하면서 분위기 메이커 역할을 톡톡히 해냈다. 회식이 끝나고 영화사 사장이 정수한테 택시비 하라고 오만 원을 쥐어 줬는데, 그 돈으로 딸기를 산 것이다. 정수는 사장이 자기를 잘 본 것 같다며 어쩌면 내년에 제작될 독립 장편영화에 캐스팅될 지도 모른다고 했다. 자신이 영화배우로 성공할 때까지 조금만 더 참아 주길 부탁하면서 정수는 문자를 마쳤다. 깨알 같은 문 자를 읽고 났더니 눈이 시큰거렸다. 벌써 노안이 온 건 아닐 텐 데, 왜 이러나 싶었다.

은영은 집을 사기로 마음을 정했다. 서울은 어려울 것 같고 경 기도로 나가면 될 성싶었다. 이번에도 아버지의 도움을 받았다. 아버지가 노후 자금으로 모아 놓은 삼천만 원을 빌린 것이다. 아 버지는 돈이야 은행에 넣어 놓는 것보다야 딸한테 맡겨 놓는 게 더 안전하지, 라고 말했다. 아버지는 은행 이자만 달라고 했지만, 은영은 오만 원이라도 더 챙겨드릴 생각이었다.

이사를 하고 나서 한동안 일은 쉬고 싶었다. 정오가 가까워질 때까지 늘어지게 자고, 먹고 싶을 때 먹고 새벽 늦게까지 미드를 보는 생활이 은영의 로망이었다. 은영은 그렇게 딱 석 달만 쉴 생각이었다. 그러고 나서 일자리를 구하겠다고 정수에게 말했다. 정수는 적극 찬성을 외쳤다. 그동안 열심히 일했다며 쉬고 싶을 때까지 쉬라고. 쉬는 동안 필요한 생활비에 대해서 정수는 한마디도 하지 않았다. 은영이 통장에 생활비를 쌓아 두고 있는 줄 아는 것 같았다. 은영은 자신이 쉬는 동안 정수가 아르바이트라도 했으면 했지만, 입 밖으로 말을 내지는 않았다. 어떻게든 아끼는 수밖에 없었다. 그러다 안 되면 아르바이트를 뛰면 될 것이다.

정수는 영화 촬영을 위해 속초로 내려갔다. 대사는 거의 없지만 조폭인 주인공의 오른팔이어서 화면에 자주 등장한다고 정수는 좋아했다. 그래 봤자 십오 분짜리 단편이었다. 단편영화는 제작비 때문에 보통 하루 이틀 만에 촬영을 마쳤는데, 이번 일정은 열흘이나 되었다. 알고 보니 감독의 고향이 속초였다. 감독의 본가에서 숙식을 해결하면 제작비가 그리 많이 들지도 않을 터였다. 환한 낮빛만 보면 정수는 촬영하러 간다기보다 휴가를 떠나는 사람 같았다.

은영은 주말에 혼자서 집을 보러 다녔다. 경기도라고 해서 집값이 싼 것도 아니었다. 새 아파트는 생각보다 비싸 엄두가 안 났다. 빌라를 살 생각은 없었다. 은영은 처음부터 아파트를 원했다. 빌라는 아파트에 비하면 가격이 더디게 올랐고 환금성도 좋지 않았다. 아파트가 아니면 집을 살 이유가 없었다. 발품을 판 덕분에 적당한 아파트를 찾게 되었다. 지은 지 십오 년 된 오십구 제곱미터 복도식 아파트였다. 은영은 망설였다. 이 집보다 더 싸고 좋은 집이 어딘가 있을 것만 같았다.

부동산 사장은 은영에게 은밀히 말했다.

"저기 논밭 보이죠. 조만간 싹 다 밀고 대규모 아파트 단지가 들어설 거라는 소문이 있어요. 그렇게만 되면 여기 아파트도 대박 나는 거죠."

사장은 저렴하게 나온 매물이라 지체하다가는 뺏긴다며 백만 원이라도 계약금을 걸라고 부추겼다. 그때 갑자기 억대의 대출금이 생각났고, 덜컥 겁이 났다. 이 년 뒤에 부동산이 폭락하기라도 한다면 큰일이었다. 여태까지 이런 생각 때문에 번번이 내 집 마련의 꿈을 접었었다. 은영은 희망 회로를 돌렸다. 지금껏 대한민국에서 부동산이 대폭락한 기억은 없었다. 외환위기와 금융위기 때 그런 일이 있긴 했지만, 잠시 떨어졌다가 그 뒤에 더 가파르게 올랐었다.

"사장님, 남편하고 전화 한 통화만 할게요."

은영은 불안해서 정수한테 전화를 걸었다. 정수의 전화기는 전원이 꺼져 있었다. 은영이 정수에게 문자를 보내는 동안 부부로 보이는 남녀가 부동산에 들어왔다. 부부는 투자용 아파트를 원한다고 했다. 지은 지 오래된 아파트라도 상관없다고 했다. 어차피 근처에 신도시가 조성되면 시세차익을 남기고 매매할 것이기에 상관없다고 했다.

"지금이 실수요자들은 집을 살 좋은 기회고 저희같이 투자하는 사람들한테는 마지막 기회죠. 정부에서 집을 사라고 계속 신호를 보내고 있잖아요. 부동산을 살려야 성장률이 올라간다는 걸 정부도 아는 거죠. 조만간 엘티비다 디티아이다 해서 대출 줄이기 시작하면 그때는 답 없죠. 서둘러야 해요."

은영은 귀가 번쩍 뜨였다. 남자의 말이 다 맞았다. 신도시가 들어서면 지금 사는 아파트를 팔아 시세차익을 얻어 넓은 새 아파트로 옮겨 갈 수 있을지도 모른다. 여유자금이 있어서 남자처럼 아파트를 한두 채 더 살 수 있다면 얼마나 좋을까. 은영은 새로운 세계에 눈을 뜨는 기분이었다.

"계약 안 하실 거면 이분들한테 아파트 넘기고요. 어떡하실 래요?"

"누가 안 산대요. 살 거예요. 계약금 일부 어느 계좌로 보내요."

그렇게 은영은 서울에서 한 시간 거리에 있는 지은 지 십오 년 된 복도식 아파트를 사게 되었다.

이삿날 비가 왔다. 정수는 지방 순회공연 중이라 집에 없었다. 정수가 전화를 걸어 왔다.

"이사 못 도와줘서 미안해."

은영은 괜찮다고 공연 잘하라고 말했다.

"비 오는 날 이사하면 잘 산대."

정수가 하지 않았다면 은영이 했을 말이었다. 은영은 멀뚱히 짐이 다 빠진 방 안을 둘러봤다. 이삿짐을 빼고 났더니 집은 공포 영화에 나올 법한 흉가로 변해 있었다. 욕실 타일은 깨지거나 금이 가지 않은 부분을 찾기 힘들었다. 변기에서는 물이 조금씩 새고 있었고 수챗구멍에서는 악취가 올라왔다. 싱크대 문짝은 들뜨서 덜렁거렸다. 벽지는 누르스름하다 못해 잿빛이었고 작은 방은 장마철에 생겼던 곰팡이로 벽 전체가 검게 변해 있었다. 이런 집에서 어떻게 이 년이나 살았는지 모르겠다.

이사 갈 집도 이 집과 크게 다르지 않았다. 부서지고, 닳고, 낡고, 거무튀튀했다. 최소로 뽑아도 리모델링 비용이 만만치 않았다. 은영의 형편으로 도저히 감당할 수 없는 액수였다. 그래서 도배와 장판만 바꾸었다. 그것만으로도 아파트는 한결 나아졌다.

오전에 비가 좀 오더니, 점심을 먹고 이삿짐을 내리려고 하자 날씨가 개었다. 은영은 그것을 좋은 징조로 받아들였다. 짐을 많이 버린 줄 알았는데, 옮기고 보니 그렇지도 않았다. 자질구레한 살림살이가 좁은 복도식 아파트 안을 채웠다. 수납이 제대로 안 돼서 집이 더 좁아보였다. 은영은 이사한 날 새벽까지 짐 정리를 했다. 조용히 좀 해달라는 아랫집의 인터폰을 받고서야 정리를 멈췄다. 다음 날도 밤낮없이 정리했다. 깨진 화분, 금이 간 유리컵, 샘플로 받은 머그잔, 이가 나간 그릇, 아직 반납 못 한 중국집 음식 그릇 등을 건설폐기물 자루를 사다가 담아 버렸다. 은영은 옷이 없는 편이라고 생각했는데 죄다 꺼내 놓고 보니 종류가 엄청났다. 라면 상자 서너 개쯤 되는 양의 옷을 의류 수거함에 내다 버렸다. 이렇게 다 버릴 거면 뭐 하러 바리바리 싸 들고 왔나 싶었다. 이제 이사를 할 필요가 없다는 사실에 은영은 감격했다.

얼추 집 정리를 마치고 나서 은영은 병이 나고 말았다. 인후통과 두통이 심했는데 집에 약이 없어 그냥 앓기만 하고 있던 참이었다. 침대에 누워 일어나지도 못하고 앓고 있는데 정수가 지방 투어를 마치고 집으로 돌아왔다. 마지막 투어 지역의 명물인 오미자 청을 한 병 들고 있었다. 은영이 아픈 것을 보고 정수가 포장 음식과 약을 사 들고 왔다. 은영은 정수가 돌아와서 마음이 놓였다. 은영은 그제야 마음 편히 앓았다. 몸살은 지독했고 며칠을 앓는 내내 정수가 은영의 옆을 지켰다.

다시 건강을 되찾은 은영은 느긋하게 늘어졌다. 그동안 바빠서 하지 못했던 것들을 목록으로 만들어 놓고 하나씩 실천했다. 늦잠 자기, 온종일 집 밖에 안 나가기, 혼자서 조조영화 보기, 주말에 연극 두 편 몰아 보기 등. 실천한 목록은 붉은색 펜으로 줄을 치는 방식으로 하나씩 줄여나갔다. 목록에는 셀프 인테리어도 들어 있었다. 리모델링은 목돈이 들어서 하지 못했지만 그렇다고 집을 꾸미는 것을 포기한 건 아니었다. 결혼생활 십 년, 네 번의 이사를 하며 실내장식에 돈을 쓴 기억은 없었다. 전셋집은 어디까지나 잠시 머무는 곳일 뿐이었다. 잠깐 머무는 공간에 돈과 시간을 쏟아가며 실내장식을 한다는 것은 생산적이지 않았다.

아파트에서 멀지 않은 곳에 작은 도서관이 있었다. 집을 계약할 때는 모르고 있다가 이사를 하고 난 뒤에 도서관이 있다는 것을 알게 되었다. 은영은 생각지도 않은 선물을 받은 것 같아서 기뻤다.

은영은 인테리어 잡지를 빌리러 도서관에 갔다. 정수와 같이 쓸 수 있는 가족 대출증을 만들었다. 잡지는 대여가 안 되고 열

람실에서만 볼 수 있었다. 은영은 잡지를 잔뜩 싸 들고 창가 자리에 앉았다. 햇볕이 따뜻해서 몸이 기분 좋게 늘어졌다. 잡지에서 실내장식에 도움이 될 만한 부분을 메모하고 가끔 사진을 찍기도 했다. 은영은 연신 하품을 했다. 새벽까지 미드를 보느라 잠을 설쳤다. 은영은 갖고 온 잡지를 높게 쌓았다. 이마를 잡지에 대고 잠깐 졸았다.

핸드폰이 진동해서 봤더니 정수였다. 은영은 서둘러 열람실에서 나왔다. 그새 전화는 끊어졌다 은영이 정수한테 전화를 걸었다. 정수는 집에 오는 광역버스 안이었다. 정수는 어젯밤 늦게까지 술을 마시고 친구 집에서 자고 지금 들어오는 길이었다.

"우리 외식할까?"

정수가 유명 블로그에서 우리 동네 맛집을 찾아냈다고 했다.

"뭐 파는데?"

"닭갈비."

배달 음식은 몇 번 시켜 먹은 적이 있지만, 외식을 한 적은 한 번도 없었다. 은영은 좋다고 했다. 정수가 삼십 분 뒤에 식당에서 보자고 했다. 은영은 마음이 설렜다. 정수를 처음 만난 지 십오 년이나 지났는데 아직 그를 생각하면 설렌다는 게 조금 낯부끄러웠다. 그래서 정수한테나 남들 앞에서는 좋아하는 티를 내지 않으려 노력했다.

정수가 식당 위치를 보내 왔다. 식당은 도서관에서 한 블록 떨어진 거리에 자리 잡고 있었다. 전형적인 베드타운의 성격으로 지어진 도시다 보니 번화가는 크지 않았다. 멀다고 해봐야 걸어서 십여 분 거리였다. 은영은 이십 분을 어디서 기다릴 것인지 고민에 빠졌다. 도서관에 다시 들어가고 싶진 않았다. 운동을 할 만한 곳을 찾다 보면 시간이 대충 맞을 것 같았다. 은영은 늘 운동이 하고 싶었다.

은영은 에어로빅 전문 체육관 관장의 얼굴을 보고 깜짝 놀랐다. 빨간색으로 염색한 머리, 낯빛은 거무스름한데다 볼에는 살이 거의 없고, 말할 때는 이마에 표정 주름이 여러 줄 깊게 패서 생긴 게 꼭 코다리 같았다. 더구나 전날 밤에 삼십 센티는 족히 되어 보이는 숭어를 품에 안고 있는 여자 꿈을 꾼 뒤였기 때문에 기분이 묘했다.

관장은 은영의 생각을 읽기라도 한 것처럼 자신은 크게 아픈 곳은 없는데 그냥 낯빛이 좀 안 좋을 뿐이라고 했다. 은영은 그러냐고, 다행이라고 대답했다. 갑자기 관장이 의자를 쭉 밀어 은영을 향해 다가왔다. 관장의 얼굴이 은영의 얼굴에 닿을 듯 가까웠다. 은영은 본능적으로 몸을 뒤로 뺐지만, 관장이 은영이 앉은 의자를 양손으로 잡고 있었기 때문에 꼼짝을 할 수 없었다. 관장은 누가 들으면 안 되는 것처럼 작게 말했다. 자신은 몇 가지 병을 앓고 있다고 했다. 관장이 앓고 있다는 병의 병명은 하나같이 괴상했는데 한포진, 상실성 빈맥, 메니에르병 같은 것이었다. 이야기를 듣다 보니 괴상한 병명과 달리 위중한 병은 아니었다.

"몸이 아프든 마음이 아프든 무조건 운동해야 해요. 의사가 못 고치는 병을 운동이 고쳐 주거든요. 예방 효과는 더 크고요."

체육관 벽면을 가리키며 관장이 물었다.

"몇 시 타임 배우실래요?"

오전 7시부터 밤 10시까지 식사 시간을 빼고 시간표가 빼곡하게 적혀 있었다. 성인 에어로빅 팀과 어린이 시범단도 있었다. 에어로빅만 하는 체육관의 규모가 생각보다 큰 듯했다. 은영은 강사와 회원이 많은 대규모의 스포츠 센터는 선호하지 않았다. 작은 공간에서 소수의 사람과 함께 운동하고 싶었다.

"강사는 몇 분이세요?"

"제가 다 가르쳐요."

관장이 철인도 아니고 저 많은 수업을 어떻게 혼자 다 하는지 알다가도 모를 일이었다.

"석 달에 십오만 원. 지금 '삼오십오' 이벤트 기간이라 할인된 가격이에요. 일주일간 선착순 열 분인데, 한 자리 남았어요. 석 달 끊어 드려요?"

"한 달은 얼마예요?"

"십만 원이요. 다들 석 달씩 끊어요. 이벤트는 한자리 남았다고 했잖아요. 그것도 언제 마감될지 몰라요. 지인 소개 받고 오후에 오겠다는 분도 계시거든요."

은영은 망설였다. 당장 등록하려고 체육관을 찾은 건 아니었다. 집에서 나올 때는 도서관에서 책을 몇 권 빌리고 떡볶이를 포장해서 집으로 돌아갈 생각이었다. 그런데 갑자기 정수와 약속이 생겼고, 마침 은영의 주머니에 아파트 게시판에서 떼어낸 체육관 전화번호가 들어 있었다. 은영은 생각해 보고 다시 들르겠다고 말할 생각이었다. 그래서 머릿속으로 할 말을 정리하고 있는데 관장이 서랍에서 등록증을 꺼냈다.

"성함이 어떻게 되세요?"

"한은영이요."

은영은 고분고분 대답하고는 뒤늦게 후회했다.

"동호수하고, 핸드폰 번호만 알려주세요."

은영은 자신도 모르게 자리에서 벌떡 일어났다.

"다음에요. 집에 가서 남편이랑 상의 좀 해보고 연락드릴게요."

"이벤트 종료되면 제 가격 내셔야 하는데 괜찮으세요?"

은영은 괜찮다는 의미로 웃으며 네에, 라고 얼버무렸다.

"바쁘지 않으시면 앉아서 커피 천천히 마시고 가세요. 등록하라고 안 할게요."

은영이 바로 일어나고 싶었지만, 관장이 억지로 타다 준 커피믹스가 아직 그대로 남아 있었다. 은영은 커피믹스를 좋아하지 않았고, 종이컵은 특유의 냄새 때문에 평소에 사용하지 않았다.

"약속이 있어서요. 지금 가봐야 해요. 커피는 들고 가면서 마실게요."

"그럼 삼 분만이요. 시간 더 안 뺏어요. 괜찮죠?"

은영은 어쩔 수 없이 삼 분쯤은 괜찮다고 대답했다. 하지만 사기라도 당한 것처럼 기분이 나빴다.

"체육관에 오셨으니 춤은 한 번 보고 가셔야죠. 그게 제 철칙이거든요."

관장은 슬리퍼를 벗고 운동화로 갈아 신었다.

"빅뱅 좋아해요?"

은영이 고개를 끄덕였다. 은영이 아는 아이돌이라고는 빅뱅과 엑소뿐이었다.

"다음 주 작품 나갈 곡이에요. 뱅뱅뱅이라고. 노래가 아주 중독성 있어요. 크게 히트 칠 거 같아요."

관장은 음악의 볼륨을 높였다. 은영은 음악이 너무 시끄러워 자신도 모르게 인상을 찌푸렸다. 체육관 바닥이 쿵쿵 흔들렸다. 천장도, 벽도, 건물 전체가 흔들려 멀미가 날 듯 속이 울렁거렸다. 관장의 눈빛은 완전히 변해 있었다. 오리지널 안무에서 대중들이 좋아할 만한 주요 동작은 그대로 빌려서 쓰고 나머지는 관장이 직접 창작한 안무라는데 에어로빅보다는 현대무용에 가까워 보였다. 역동적으로 때로는 부드럽게, 관장은 변두리의 체육관에 묻혀 있기에는 아까운 실력자였다. 음악이 끝나고, 어느새 삼 분이 흘렀는지 모르게 은영은 관장의 춤에 완전히 매료되었다. 관장의 춤은 보기에만 좋았다. 전문 댄서처럼 현란한 기교가 넘치는 관장의 안무를 배울 엄두가 안 난다는 것이 문제였다. 은영은 국민체조 업그레이드 버전이 에어로빅인 줄 알았다. 그런데 그게 아니었다. 관장의 이마는 땀으로 번들거렸다.

은영이 관장에게 물었다.

"에어로빅이 배우기 어려운 편이에요?"

"완전 쉽죠. 보셨으니까 아시잖아요. 할머니들도 따라 할 수 있게 단순화시킨 춤이 에어로빅인데요. 배우기 쉽다고 운동 효과 떨어지는 건 아니에요. 지금 저 보세요. 제대로 한 곡만 뛰어도 땀이 줄줄 흘러요."

은영은 에어로빅은 못 배울 것 같았다. 다른 운동을 찾아봐야 겠다고 생각했다. 요가나 단전호흡 같은 정적인 운동으로. 관장이 출입문까지 쫓아와서 같이 운동할 수 있으면 좋겠다고 인사했다. 은영이 이곳에 다시 올 일은 아마도 없을 듯했다.

정수는 쇼핑백을 여러 개 들고 식당으로 들어섰다. 정수는 외모 꾸미기를 좋아해서 취미가 쇼핑이었다. 옷이나 신발, 모자 같은 것을 주로 샀는데 기초 화장품도 은영보다 더 많이 가지고 있었다. 쇼핑 중독까지는 아니지만, 절제를 못 해서 문제를 몇 번 일으켰었다.

이번에는 또 무슨 돈으로 쇼핑을 한 것일까. 은영은 궁금해서 견딜 수 없었다. 아무래도 신림동 엄마를 찾아간 것 같았다. 정수한테는 낳아준 엄마와 키워준 엄마 이렇게 두 분의 엄마가 있었다. 키워준 엄마인 홍은동 엄마는 풍족했지만, 낳아준 엄마인 신림동 엄마는 살림이 어려웠다.

"이게 다 뭐야?"

정수는 웃기만 할 뿐 별말이 없었다. 돈 쓰는 게 세상에서 제일 좋아. 정수는 자주 그런 말을 했다. 그가 배우로 성공하려는 여러 가지 이유 중 하나가 큰돈을 벌 수 있어서였다. 배우의 길을 선택했기 때문에 가난해졌다는 것을 인정하려 들지 않고 미래에 자신이 벌어들일 돈을 놓고 곧장 허풍을 떨었다. 지금의 빈 주머니는 은영이 채워줄 것이기에 정수는 어떤 상황에서도 느긋했다.

"쇼핑백에 뭐냐고?"

"자기랑 내 옷."

정수가 쇼핑백을 열어 보여 주었다.

"빨간색이 내 거야?"

"아니. 빨간색은 내 거. 자기 거는 남색. 색깔 진짜 예쁘지."

맨투맨 두 벌이 다 백 사이즈였다. 맨투맨은 원래 크게 나오는데 백 치수면 체격이 좋은 남자 크기였다. 은영은 팔십오를 입으면 딱 맞고 구십은 넉넉했다.

"여자들은 옷을 좀 크게 입는 게 귀여워. 집에 가서 입어 보자."

은영은 정수가 말도 안 되는 핑계를 대는 것이 기가 막혀서 헛웃음이 나왔다. 얄미운 생각도 들지만, 정수가 옷에 얼마나 집착하는지 은영은 잘 알고 있었다. 자신의 옷만 사는 게 은영에게 미안하면서도 옷 욕심을 버리지 못하고 매장에서 갈등했을 정수가 눈앞에 그려졌다.

"그건 또 뭐야?"

은영은 또 다른 쇼핑백을 가리켰다.

"주문부터 하고."

정수는 어물쩍 넘어갈 궁리를 했다. 얼핏 보니 화장품이 잔뜩 들어 있었다. 은영은 하고 싶은 말이 차고 넘쳤지만 오랜만에 외식하는 자리를 망치고 싶지 않아 참고 물을 마셨다.

닭갈비 이인분에 쫄면 사리와 고구마 사리, 달걀 두 개를 추가했다. 닭갈비는 매콤하니 소문처럼 맛있었다. 술을 부르는 맛이었다. 정수가 소주와 맥주도 한 병씩 시켰다. 소주와 맥주를 섞은 폭탄주를 만들어 잔을 부딪치고 마셨다. 은영은 술이 들어가자 확, 취하는 기분이었다. 그러고 보니 아침에 콘플레이크를 우유에 말아 먹은 것 말고는 먹은 것이 없었다. 술은 정수만 마시기로 하고 은영은 사이다를 한 병 시켰다.

"아까 운동하려고 체육관에 갔었어. 에어로빅 가르쳐 주는 데."

"잘했네. 한 달씩 끊지 말고 석 달씩 끊어. 그게 싸고 그래야 꾸준하게 나가."

정수는 은영이 뭘 하겠다고 했을 때 하지 말라거나 부정적으로 말하는 법이 없었다. 언제나 해, 잘 될 거야, 저지르고 보는 거지, 라는 말을 해줬다. 문제는 어떤 것도 책임지지 않으면서 말만 그렇게 한다는 것이다. 지금만 해도 석 달씩 운동을 끊으라면서도 비용에 대해서는 한마디 말이 없었다. 정수가 운동할 비용을 내주길 바라는 것은 아니다. 운동하는 데 얼마나 드나, 지금 생활비 남은 것에서 그 비용을 빼도 살림에 문제는 없는지 묻기라도 해줬으면 싶었다. 하지만 그런 일은 일어나지 않았다.

요즘 은영은 이래저래 생각이 많았다. 이사하는 데 예상보다 돈이 많이 들었다. 은영의 통장에는 부부가 밥만 먹고 살면 육 개월쯤 버틸 수 있는 돈이 남아 있었다.

"운동 안 끊었어."

"아니, 왜? 밥 먹고 바로 가서 끊자. 학습지 교사할 때는 하고 싶어도 시간이 없어서 못 했었잖아. 마음먹었을 때 바로 움직여야 해."

"생각 좀 더 해보고."

"왜?"

"선생이 좀 이상해. 코다리 같아."

"코다리? 명태 말려 놓은 거?"

은영은 고구마를 씹다가 웃음이 터졌다. 정수도 얼굴이 시뻘게지도록 웃었다. 두 사람이 그렇게 웃어본 건 오랜만이었다.

닭갈비를 다 먹고 볶음밥을 주문했다. 정수는 바닥에 눌어붙은 누룽지를 숟가락으로 북북 긁어서 은영의 입에 넣어주었다. 바싹한 식감의 볶음밥 누룽지는 두 사람이 다 좋아하는 음식이었다. 정수는 가끔 자신이 좋아하는 음식을 은영에게 양보해서 은영의 마음을 즐겁게 해줬다.

식사를 마치고 은영이 물었다.

"어디 갔었는데? 말 안 할 거야?"

정수는 자신이 어디를 다녀왔는지 은영이 몰랐으면 하는 눈치였다. 은영은 촉이 좋은 편이었다. 신림동 엄마한테 다녀온 것이 분명해 보였다. 은영은 자신의 짐작이 맞았는지 확인하기 위해서 묻고 또 물을 것이다. 시간이 오래 걸리긴 하겠지만 결국 정수한테서 대답을 듣고야 말 것이다. 정수가 은영의 그런 성격을 싫어한다는 것을 알았지만 은영도 어쩔 수 없었다. 언젠가부터 은영은 정수한테 여자라기보다는 엄마 같은 존재로 변해갔다. 정수가 하는 일들이 미덥지 않았다. 왜 더 열심히 하지 않는지 답답했다. 가끔은 정수의 가면을 쓰고 정수를 연기하고 싶은 충동에 시달렸다. 은영은 정수에게 끊임없이 질문하고, 잔소리하고, 평가하고, 그러다 비난으로 끝을 내곤 했다.

"술 더 시킬까?"

은영은 정수가 말을 돌리려 한다는 것을 알았다. 신림동 엄마한테 다녀왔다고 고백하는 것과 같은 행동이었다.

"그만 마셔. 아직 해도 안 떨어졌어. 혹시 거기 갔니?"

"다 알면서 묻긴 왜 물어. 질린다."

은영이 듣기 싫어하는 단어가 두 가지 있었는데 하나는 '누나'였고 다른 하나는 '질린다'였다. 은영은 자신도 가끔 질린다는 단어를 쓰고 있는 줄은 미처 모르고 있었다. 은영은 치밀어 오르는 화를 삼키며 이성적으로 얘기하려 노력했다.

"신림동 엄마 집에는 가지 말라고 했잖아."

은영은 알고 있었다. 정수가 홍은동 엄마는 이따금씩 예의상 찾아가지만 신림동 엄마한테는 돈이 필요할 때 간다는 것을. 신림동 엄마는 아버지의 폭언과 폭력을 견디지 못하고 이혼한 이후로 경제적으로 어렵게 살았다. 재산분할을 제대로 받지 못해서인데 그때는 그런 제도가 있는지도 모르던 시절이었다. 몸이 건강했을 때는 심야식당 주방에서 일했는데 벌이가 나쁘지 않았다. 이 년 전, 일을 마치고 퇴근하다가 뇌출혈로 쓰러지고 나서는 건강이 예전 같지 않았다. 지금은 일주일에 서너 번씩 도우미 일을 다니며 생계를 유지했다.

"신림동 엄마가 자기 죄책감 줄이려고 그러는 걸 나더러 뭘 어쩌라고. 그럼 가지 마? 그래도 낳아 준 엄만데 보러 가지 말라는 거야, 지금?"

은영은 입을 다물었다. 두 사람은 말없이 자신들의 앞에 놓인 술과 음료수를 마셨다. 어째 요즘은 같이 있기만 하면 감정이 상한다. 그들은 같이 살기만 할 뿐 같이 보내는 시간이 없다시피 했다. 은영은 정수가 그리워 견딜 수 없었다. 정수는 은영을 피해 밤마다 술자리를 찾아 헤맸는데 술만 마시면 은영이 보고 싶다고 전화하곤 했다.

"나갈까?"

침묵을 먼저 깬 건 은영이었다.

늦은 오후, 식당에 손님은 은영과 정수뿐이었다.

"그래. 계산은 내가 할게."

식당에서 나온 두 사람은 어디로 갈지 정하지 못하고 거리에 멀뚱히 서 있었다. 이대로 집에 들어가기도 그랬고, 술을 마신 뒤라 카페를 가는 것도 내키지 않았다. 은영은 좀 걸었으면 싶었다. 도시를 관통해서 흐르는 강변을 따라 산책로가 잘 조성되어 있다는 이야기를 부동산 사장한테 들은 기억이 났다. 산책로를 완주하려면 한 시간가량이 걸린다니 아파트 주변을 둘러보는 것도 나쁘지 않을 것 같았다. 은영은 아직 이사한 동네를 훑어보지도 못했다. 그래서 어디에 무엇이 있는지 몰랐다. 은영이 아는 곳이라곤 도서관과 분식집 그리고 롯데슈퍼와 국민은행뿐이었다. 좀 전에 갔었던 체육관도 이제는 아는 곳에 넣어야 할 것이다.

정수는 이사 온 동네에 관심이 없었다. 서울을 왕복하는 광역버스가 있는 버스정류장을 아는 것으로 동네 파악을 끝낸 참이었다. 정수는 이 동네에 오래 살 생각이 없었다. 은영이 집을 사겠다고 했을 때, 정수는 화가 많이 났다. 지금까지 참은 거 조금만 더 참지, 굳이 이런 시골에 집을 산 은영을 이해하려 해봐도 도저히 이해가 안 갔다.

정수의 눈에 철물점이 보였다. 그때 욕실 문고리가 고장 난 것이 떠올랐다.

"욕실 문고리도 고장 났던데 그거 고칠까?"

은영이 집을 둘러보던 날은 멀쩡하던 욕실 문고리가 이사하고 봤더니 망가져 있었다. 전 주인이 이사하면서 사용하던 문고리는 떼어가고 예전 문고리를 달아 놓고 간 것이다. 욕실 문이 안 잠기는 건 괜찮은데, 가끔 이유도 없이 문이 잠겨서 열리지 않는 것이 큰 문제였다. 정수의 말처럼 산책보다 욕실 문고리가 더 급했다. 은영은 방문에 페인트를 칠할 생각인데 그것도 같이 하는 게 어떻겠냐고 물었다. 정수도 좋다고 해서 두 사람은 필요한 물건을 사러 철물점으로 들어갔다.

방문은 흰색으로 칠하고, 모든 방문의 문고리를 바꾸었다. 주방 조명등을 인테리어 등으로 바꾸었더니 분위기가 몰라보게 환해졌다. 은영은 가구에 페인트칠하는 데 재미가 붙었다. 결혼하면서 돈을 아끼려고 가전은 새 제품을 샀지만, 가구는 전부 중고를 샀다. 그래서 집 안의 가구는 전부 어두운 계열인데다 상태가 좋지 않았다. 민트색이나 분홍색으로 페인트칠을 해놓으면 가구는 새것으로 변했다.

일주일에 한 번씩 아파트 주차장에서 시장이 열렸다. 은영은 시장 구경을 갔다가 노란색 자작나무 풍경화를 사들였다. 소파 뒤에 풍경화를 걸어놓는 것으로 은영은 실내장식을 마쳤다. 집은 아담하고 따뜻하게 바뀌었다. 그렇게 꾸미고 나니 집은 예전 모습을 찾을 수 없었다.

은영은 정수에게 집들이를 하자고 했다. 대학로에서 가깝게 지내던 친구들을 불러서 수다도 떨고 맛있는 음식도 시켜 먹자고. 정수의 태도는 미지근했다. 보통 때라면 정수 때문에 마음이 상했겠지만, 지금은 아무렇지 않다. 이사한 집을 깨끗하게 실내장식을 하고 난 후로 은영은 기분이 아주 좋았다. 앞으로 삼십오 년 동안 대출금을 조금씩 갚아나가야 한다는 부담감마저 줄어들 정도였다.

연일 뉴스에서 부동산 가격이 가파르게 치솟고 있다는 기사가 나왔다. 은영은 안도했다. 대한민국 표준의 삶에 들어왔기 때문이었다. 집이 없었을 때는 가슴을 치며 부동산이 올랐다는 뉴스를 봤지만, 이제는 흐뭇하게 미소를 지으며 보게 되었다. 내 집 마련을 한 사람만이 지을 수 있는 미소였다.

한 달이 다르게 집값이 올라간다는데 우리 집은 얼마나 올랐을지 궁금해서 부동산 앞을 서성거렸다. 시세표가 없어서 가격을 알 길이 없었다. 은영은 부동산에 들어가 볼까, 고민하다가 발길을 돌렸다. 서서히 일자리를 알아보아야 할 때가 왔다. 은영은 학습지 교사 일은 더 하고 싶지 않았다. 독서지도사 자격증을 취득해서 도서관이나 학원에 취직할까 싶기도 했다. 아니면, 바리스타 자격증을 따는 것도 미래를 봐서 나쁘지 않을 것 같았다. 카페는 체력만 되면 나이가 들어서도 계속 운영할 수 있었다.

전봇대에서 벼룩시장을 한 부 뽑아서 들고 롯데리아에 들어갔다. 점심으로 햄버거를 먹을 생각이었다. 불고기 버거 세트를 주문하고 빈자리에 가서 앉았다. 벼룩시장에서 구인·구직 코너가 나올 때까지 페이지를 넘겼다. 은영은 옆 테이블 손님이 떠드는 소리가 시끄러워서 집중하기가 힘들었다. 점심시간이 지난 뒤라 실내에는 손님이 거의 없었다. 십여 명의 다양한 연령대의 여자들을 앉혀 놓고 중후하게 생긴 중년의 남자가 일장 연설을 했다. 남자가 말을 마치면 여자들이 질문을 했다. 그러면 남자는 여자들의 질문에 성심성의껏 대답해줬다. 그 테이블에서 멀찍이 떨어지게 자리를 옮겼지만 소용없었다. 은영은 벼룩시장을 보기를 멈추고 햄버거를 먹는 데 집중했다. 듣지 않으려 해도 귀는 자연스럽게 옆 테이블의 남자가 하는 소리를 충실히 들었다.

"매립장이 그렇게 위험한 거였어요?"

"당연하죠. 어머니는 피디수첩도 안 보세요? 시멘트공장 주변에 사는 사람들이 단체로 암에 걸렸잖아요. 아버지는 위암, 엄마는 담배 한 개비 안 폈는데 폐암, 아들은 갑상샘암. 그런 식이잖아요. 밀양 할머니들 못 보셨어요? 변전소 주변도 문제가 많아요. 그래서 요즘은 전선을 지하에 매설하잖아요."

젊은 여자가 물었다.

"소각하고 남은 재를 매설하는 거잖아요. 시멘트공장이나 변전소하고 비교하는 건 좀 아닌 거 같아요."

"젊은 사람이 하나만 알고 둘은 모르네. 환경이나 건강에 문제가 없다고 시가 주장하는 건 당연한 거죠. 매립지를 지어야 하니까 하는 소리 아니겠어요? 석면만 하더라도 옛날에 우리 어릴 때 엄청 비싼 자재였어요. 다들 아시죠? 그런데 지금 어때요? 발암물질이잖아요. 석면 넣고 지은 학교들 석면 제거 공사하느라고 난리예요. 지하철이고 오래된 관공서고 할 것 없이. 이십 년 뒤에 삼십 년 뒤에 주민들 암 다 걸리고 사람들 다 죽어나면 그때는 누가 보상해 줍니까?"

"활동가님 말씀이 맞아요. 암이 하루아침에 생기는 거 아니잖아요. 서서히 십 년, 이십 년 뒤에 나타나는 건데, 생각만 해도 소름 끼쳐요."

부녀회장이라는 여자가 남자의 말에 맞장구를 쳐주었다.

"건강 문제뿐만이 아니에요."

"뭐가 또 있어요?"

"제일 중요한 거죠."

여자들은 웅성거리며 동요했다. 남자는 콜라를 마시며 한참 뜸을 들였다.

"뭔데요. 활동가님 뜸 들이지 말고 빨리 말해요."

"매립지가 지어지고 우리 동네가 '암 마을'이라고 소문이라도 나게 되면 아파트값이 어떻게 되겠어요? 사람이 살 수 없는 도시의 집을 누가 사려고 하겠어요. 똥값 되는 건 시간문제라고요. 이제 아시겠어요? 진짜 문제가 뭔지?"

햄버거가 가슴에 딱 걸려서 내려가질 않았다. 은영은 콜라를 벌컥벌컥 마셨다. 온 정신이 옆 테이블에 향했다. 은영은 의식하지 못했지만, 여자들이 앉은 테이블 쪽으로 몸이 완전히 돌아갔다.

남자와 여자들은 도시 초입에 들어서게 되는 매립지 공사를 어떻게 저지할 것인지 본격적으로 의논에 들어갔다. 시에서 추진하는 사업이라 공사를 막을 뾰족한 방법은 없어 보였다. 젊은 여자가 한숨을 쉬고 말했다.

"아파트가 좀 빠진 거 같던데. 혹시 그것도."

남자가 이때다 하고 젊은 여자의 말을 자르고 끼어들었다.

"그게 다 매립지 때문인 거 아니겠어요. 이제 시작됐다고 보는 게 맞을 겁니다."

"이미 우리 동네 소문이 퍼져서 알 만한 사람은 다 아는 거 같아요."

"앞으로 더 심해질 겁니다. 사람이 살 수 없는 동네로 낙인찍히겠지요."

부녀회장이 물었다.

"활동가님, 다른 지역은 어땠어요? 경험이 많으니까 우리 지역이랑 비슷한 곳도 있었을 거 아니에요."

"글쎄요. 어디가 여기랑 비슷한가. 아, 영척이 있었지. 제 생각에는 이 동네가 그곳하고 비슷하게 갈 거 같아요. 거기가 원래도 낙후된 동네였었는데, 원전 들어선다는 소문이 돌고 난 후에 지역 경제 전체가 완전히 망해버렸어요."

"집값은 얼마나 빠졌어요?"

"반 토막은 났을걸요. 사실 매매가 완전히 막힌 상황이라 시세라는 게 무의미하죠. 후쿠시마 사고 이후에 원전에 대한 이미지가 얼마나 안 좋습니까. 주민들이 들고일어나서 반대 투쟁을 한다는 언론 보도가 난 후 상황이 좀 나아지고 있다고 하더라고요. 주민들이 더 똘똘 뭉쳐서 원전 건설을 백지화해야 영척도 희망이 있을 거예요. 이 지역도 마찬가지고요. 우리의 권리는 우리가 지키는 겁니다."

젊은 여자가 목에 핏대를 세웠다.

"갭투자를 해서 다른 지역은 집값이 엄청나게 올랐다는데, 우리만 이게 뭐예요."

"매립지 들어서는 날이면 우리 다 죽는 날이야. 절대 못 들어오게 해야 해."

부녀회장은 몸까지 부르르 떨었다.

은영은 손이 떨려서 콜라를 마시려다 다시 내려놓았다.

시는 지역에 매립지 예정지가 있다는 것을 아파트를 분양할 때부터 알렸다. 그래서였는지 분양은 미달되었다. 논밭을 갈아엎고 아파트를 짓고 도로를 뚫고 상가가 들어섰다. 시간이 지나고 미분양 문제는 자연히 해소되었다. 원룸이 들어서고 다세대가 지어지면서 도시는 조금씩 커졌다. 새로운 아파트를 분양했는데 청약 열기가 뜨거웠다. 그렇게 아파트가 십이 단지까지 지어지는 십오 년 동안 매립지를 문제 삼는 사람은 없었다. 문제가 본격적으로 드러난 것은 시가 시공사를 선정하고 공사에 들어가려고 했던 작년 말부터였다고 한다.

무슨 정신으로 집까지 왔는지 모르겠다. 은영은 침대에 쓰러지듯 누웠다.

'부동산 사장을 찾아가야지, 가서 물어봐야지, 아니겠지, 내가 잘못 들은 거야, 여자들이 뭔가를 잘못 알고 있는 게 분명해, 부동산에 가서 어떻게 된 일이냐고 물어봐야지, 여자들의 말이 맞았다면 따져야지, 그럼 부동산에서 책임을 지겠지…'

은영은 식욕이 없어졌다. 하루 이틀 지나면 괜찮아지겠지, 했지만 시간이 지나도 식욕은 돌아오지 않았다. 뒤이어 만사가 귀찮아지더니 모든 의욕이 사라졌다. 집안일이 귀찮아져 손도 까닥하지 않았다. 싱크대에는 설거짓거리가 그대로고, 세탁기에는 빨지 않은 세탁물이 쉰내를 풍기며 쌓여 갔다. 매번 재활용 날짜를 놓치다 보니 베란다는 고물상으로 변했다. 은영은 씻는 것마저 귀찮아졌다. 이도 닦지 않았고 샤워도 하지 않았으며, 속옷도 갈아입지 않았다.

정수는 시간이 날 때마다 은영이 대신 집안일을 했다. 정수는 자취생활을 오래 해서 집안일을 곧잘 하는 편이었다. 결혼 후에 은영이 깔끔한 체를 한 덕분에 정수는 그동안 집에서 할 일이 거의 없었다.

은영이 그동안 돈을 버느라 고생한 것도 있고, 이사하고 나면 쉬고 싶다고 먼저 말하기도 했던 터라 정수도 웬만하면 두고 보려고 했었다. 하지만 이건 해도 너무 한다는 생각이 들었다. 지금 은영은 휴식을 취하는 게 아니었다. 스스로 망가져 가는 것처럼 보였다. 먹지도 씻지도 않고 오전 내내 잠만 자는 은영을 보다 못해 정수는 한마디를 하고 말았다.

"운동이라도 좀 해. 에어로빅은 왜 안 끊냐. 내가 끊어다 줘? 요즘 너 보면 무슨 생각 드는지 알아? 좁은 돼지우리에 갇혀 있는 돼지 새끼 같아. 여자로 안 보이는 건 당연하고 사람으로도 안 보여."

　공연 예정일이 다가오면 정수는 평소보다 예민해졌다. 사소한 일에도 짜증을 자주 내서 공연을 앞두고는 은영이 늘 정수의 눈치를 보곤 했었다. 은영에게 한바탕 퍼붓고 난 후 정수는 공연이 얼마 남지 않아 늦게까지 연습을 해야 해서 며칠 친구 집에서 자고 오겠다고 했다. 마음이 상한 은영은 반응하지 않고 그대로 이불 속에 있었다. 정수는 옷가지와 세면도구를 챙겨 들고 인사도 없이 집을 나갔다. 현관의 도어록이 닫히면서 내는 멜로디를 듣고 은영은 침대에서 몸을 일으켰다. 현기증이 심해서 일어서는 데만도 시간이 오래 걸렸다. 은영은 벽을 잡고 천천히 베란다로 갔다. 배낭을 둘러맨 정수가 주차장을 지나 놀이터를 가로질러 걸어가는 뒷모습이 보였다. 죽으면 원 없이 잘 것을. 은영은 그만 몸을 추슬러야겠다고 생각했다. 은영은 아직 정확한 사실조차 확인하지 못했다.

　은영은 그러고도 이틀을 더 내리 잤다. 식사는커녕 물 한 모금 마시지 않고서. 배가 고파 더는 잠을 잘 수 없게 된 은영은 샤워하고 장을 보러 밖으로 나갔다. 그동안 체력이 바닥으로 떨어져 샤워하는 데만도 시간이 오래 걸렸다. 걸을 때도 현기증 때문에 은영은 자주 쭈그려 앉았다. 그러지 않으면 쓰러질 것 같았다. 다섯 발자국 걷다가 쭈그려 앉아 쉬고 열 걸음 걷다가 쭈그려 앉아 쉬면서 아파트 건너편에 있는 해장국을 파는 식당까지 걸어갔다.

은영은 순댓국을 시켰다. 아주머니가 얼굴이 새하얗게 질린 은영을 보고 어디 많이 아픈가 보다고 걱정을 해주었다. 정수한테도 듣지 못했던 걱정을 처음 보는 아주머니가 해주자 기분이 묘했다. 은영은 순댓국을 한 숟갈 떠서 입어 넣었다. 욕지기가 치밀어 올랐다. 어떻게든 식사를 해야 기운을 차릴 수 있었다. 먹기 싫다고 안 먹을 수는 없었다. 일은 이미 벌어졌다. 은영은 기운을 차리려 안간힘을 짜냈다. 조금씩 아주 천천히 식사했지만, 반도 먹지 못하고 숟가락을 놓고 말았다.

슈퍼에서 우유, 달걀, 두부, 대파 등을 샀다. 얼마 사지 않은 것 같은데 에코백에 식료품이 가득 찼다. 계속 속이 부대꼈다. 고개를 숙이기만 해도 조금 전에 먹은 것을 다 게워 낼 것만 같았다. 은영은 집에서 나올 때보다 배는 더 걸려서 집에 도착했다.

은영은 집값 대부분이 대출금이긴 하지만 내 집 장만을 했다고 생각하니 안심이 되었다. 외환위기 때 밀려났던 중산층의 삶으로 다시 편입한 것 같아 마음의 상처가 일정 부분 치유되는 기분이었다. 그런데 이런 말도 안 되는 일이 벌어지고 만 것이다. 사람들은 모두 떠나고 텅 빈 아파트에 은영만 혼자 남아 있는 생각이 머리에서 떠나지 않았다. 은영은 지금껏 힘겹게 쌓아 왔던 모든 것을 잃게 될까 봐 전전긍긍했다. 과거의 트라우마가 다시 깨어나려 했다. 은영은 예전처럼 그렇게 쉽게 당하지만은 않으리라 다짐했다.

2층 양옥

외화가 부족해서 나라가 망할지도 모른다고 했다. 이름만 대면 알 만한 기업들이 연달아 부도를 내고, 직장을 잃는 사람들이 늘어갔다. 아버지도 근무하던 은행이 문을 닫으면서 직장을 잃었다. 은영은 은행이 망하기도 한다는 사실을 그때 처음 알았다. 아버지는 어머니와 은영을 앉혀 놓고 괜찮을 거라고 안심시켰다. 조만간 다시 직장을 구할 것이며, 은영의 대학등록금과 생활비는 예금으로 감당할 수 있고, 집도 있으니 크게 걱정할 일은 아니라고 했다. 은영은 직장을 잃고 극단적인 선택을 하는 가장이 많다는 뉴스를 본 뒤라 은근히 걱정하고 있었는데 아버지가 이렇게 말해주니 안심이 됐다.

어머니는 은영과 생각이 달랐던 모양이었다. 평소 차분한 성격이었는데 그날은 뭐에 씌인 것처럼 무서운 얼굴을 하고 아버지에게 소리를 질렀다. 어머니는 마흔여덟이나 된 아버지에게 누가 일자리를 주겠냐고 악다구니를 썼다. 그러면서 은행은 망한 것이 아니라 더 큰 은행과 합친 것일 뿐인데 평소 일을 얼마나 못했기에 잘린 것이냐고 아버지를 강도 높게 비난했다. 아버지는 어머니의 비난을 고스란히 듣고만 있었다. 은영은 그 자리가 불편해 더는 참지 못하고 자리를 뜨고 말았다.

　나중에 안 사실이지만 어머니는 아버지 몰래 여러 채의 집을 분양받았다. 지금 사는 아파트를 담보로 받은 대출금이 어머니의 종자돈이 되었다. 대출금으로 사들인 아파트는 전세를 줬다. 전세금은 또 다른 새 아파트를 사는 데 계약금으로 고스란히 들어갔다. 은행에 모아 놓은 돈을 전부 찾아서 중도금을 냈다. 잔금을 내야 할 때가 되자, 친구와 친척들에게 돈을 빌렸다. 그래도 돈이 부족하자 집에서 돈이 될 만한 물건을 야금야금 내다 팔았다. 결혼반지는 물론이고 은영의 돌 반지까지 전부 잔금으로 들어갔다. 고생이 되기는 했지만, 가격이 오르는 게 눈에 보였기에 어머니는 아파트에 투자하는 것을 포기하지 못했다. 어머니는 돈만 생기면 아파트를 분양받으러 쫓아다녔다. 어머니는 누구보다 알뜰했는데 그게 다 중도금과 잔금을 내느라 돈에 쪼들렸기 때문이다. 구십 년대 중반 어머니는 십억 대 자산가가 되어 있었다.

　얼마 지나지 않아 아파트 가격이 반 토막 났다. 어머니의 손에 남은 건 빚 말고 아무것도 없었다. 아버지의 월급이 들어오지 않자 당장 굶어야 할 상황에 놓였다. 어머니가 친척들과 지인들에게 빌린 돈도 적지 않아 우리 가족은 완전 고립상태였다. 아버지는 은행에 상당한 액수의 예금이 있다고 믿었는데 일이 이렇게 되고 말자 삶의 의지를 잃고 무기력해졌다. 어머니는 아버지만 보면 죽일 듯 덤벼들었고 아버지는 입을 완전히 닫았다. 은영은 부모님이 보기가 싫어 아침 일찍 집을 나왔다가 막차를 타고 집에 들어가 잠만 자는 생활을 반복했다.

표면적으로 캠퍼스는 평온한 듯 보였다. 가정형편이 어려워져 휴학하겠다는 친구도 있었지만, 편입시험 준비를 하는 친구도 적지 않았다. 이래저래 다음 학기는 휴학하는 학생이 많을 듯했다. 은영은 학교를 나가지 않는 날이 늘어갔다. 그러던 것이 어느 날부터는 아예 가지 않게 되었다. 도서관에 틀어박혀 종일 책을 읽다가 지하철 막차를 타고 집에 돌아갔다. 고속버스를 타고 전주를 갔다가 터미널에서 우동을 한 그릇 사 먹고 다시 서울로 올라오기도 했다. 강릉, 대구, 부산을 갔을 때도 터미널 안에만 머물렀고 관광지를 찾아간다거나 하지 않았다.

버스를 타는 게 지겨워져 걷기 시작했다. 목적지도 없이 발길이 닿는 대로 걸었다. 이상하게 밥을 먹지 않았는데 허기가 지지 않았다. 눈앞에 뿌예지면서 현기증이 나면 빵과 우유를 사 먹었다. 미각세포가 망가진 듯 맛이 느껴지지 않았다. 오십오 킬로그램이던 몸무게가 사십칠 킬로그램까지 빠졌다. 은영의 집 형편이 어떤 지를 모르는 사람들은 은영을 보고 살이 빠져서 예뻐졌다고 했다. 은영은 그 말이 듣기 싫어 점점 더 사람들을 멀리하게 되었다.

은영은 외롭다는 생각을 자주 했다. 누가 옆에 있어 줬으면 했지만 매일 혼자였다. 친구들이 은영을 멀리한 건 아니었다. 은영이 친구들을 멀리했다는 게 맞는 말이었다. 지금의 어두운 현실과 속마음을 친구에게 터놓고 싶은 마음과 숨기고 싶은 마음이 갈등했다. 길 가는 사람 아무나 붙잡고 말하고 싶었다. 우리 집 망했어요, 라고. 커피숍에서 혼자 앉아 있는 사람들을 보면 앞자리에 가서 앉고 싶은 충동이 일었다. '어제도 빚쟁이들이 집으로 찾아왔었어요.' 경찰서에 찾아가서 경찰을 붙잡고 말하고 싶었다. 저 죽을 거 같아요. 결국 은영은 누구에게도, 아무 말도 하지 못했다.

2호선 내선열차를 타고 빙빙 돌았다. 목적지는 없었다. 내리고 싶은 마음이 들 때까지 지하철을 타고 도는 것이 오늘 할 일이었다. 서서히 속도를 줄이며 역사로 진입하던 전동차가 갑자기 급정거했다. 심장이 뚝, 떨어졌다. 사람들이 웅성거렸고 어디서 나오는지 모를 싸한 냉기가 돌았다. 어떤 사람이 외쳤다.

"사람이 전동차에 뛰어들었어."

찰나 어떤 생각이 은영의 머리를 스치고 지나갔다. 죽으면 편해지지 않을까. 약국을 돌아다니며 수면제를 열 알씩 샀다. 약국을 열 곳이나 돌았기에 백 알의 수면제를 구할 수 있었다.

밤이 깊어지기를 기다렸다가 방문을 잠그고 수면제를 한 알씩 삼켰다. 수면제가 자꾸 목에 걸렸다. 그때마다 물을 마셨더니 배가 불러서 수면제를 더 삼키기 어렵게 됐다. 은영은 나머지 수면제를 한입에 털어 넣었다. 수면제는 입 안 여기저기 굴러 다니기만 할 뿐 쉽게 목구멍으로 넘어가지 않았다. 수면제를 마저 삼키려고 물을 벌컥벌컥 마셨다. 갑자기 헛구역질이 나더니 물을 게워내기 시작했다. 침대에 앉아 있는 상태에서 그대로 토했기 때문에 이불이며 침대 매트리스까지 다 젖었다. 화장실에 가서 토했더라면 좋았을 텐데, 어떻게 손을 쓸 수 없이 급박하게 일이 벌어졌다. 삼켰다가 다시 게워낸 수면제가 염전의 소금처럼 방바닥을 굴러다녔다.

이불을 세탁기에 넣고 돌렸다. 탈수될 때마다 부모님이 깨지 않을까, 귀를 기울였다. 수면제를 먹었는데 다른 날보다 잠이 더 안 왔다. 게다가 지독하게 머리가 아팠다. 은영은 새벽까지 잠을 설치다가 먼동이 트는 것을 보고 잠이 들었다. 그때부터 내리 이틀을 잠만 잤다. 은영이 수면제를 먹고 자살을 시도했었다는 것을 아는 사람은 아무도 없었다. 그러고 보니 유서도 안 써놓았다.

볼펜을 사러 문방구에 갔다가 볼펜은 안 사고 커터 칼만 사 들고 왔다. 은영은 책상에 앉아 커터 칼을 오르락내리락했다. 커터 칼이 오르내릴 때 내는 소리가 묘하게 마음을 안정시켜 주었다. 책상 위에 놓인 백지를 보고 은영은 유서를 쓸 때 사용할 볼펜이 없다는 걸 기억해냈다. 문방구에 볼펜을 사러 갔었다는 사실을 뒤늦게 깨달았다.

죽으면 끝인데, 유서가 무슨 소용이 있을까 싶었다. 유서를 써야 하나 말아야 하나 하루에도 몇 번씩 마음이 바뀌었다. 유서를 썼다 지우기를 반복했다. 아무 생각 없이 커터 칼로 손목을 그었는데 힘이 너무 안 들어갔는지 핏방울이 조금 맺히다 말았다. 다시 손목을 그었다. 아까보다 깊었는지 피가 조금 흘렀다. 날카로운 통증이 느껴졌다. 온몸에 잔뜩 들어갔던 힘이 일시에 풀어졌다. 은영은 침대에 축 늘어져 누웠다. 뭐라 말하기 힘든 해방감을 느꼈다. 통증이 사람을 구원해 줄 수도 있다는 것을 은영은 그때 배웠다. 자해 습관은 그 후로 몇 년이나 계속되었다. 손목을 그은 것은 그날뿐이었다. 이후에는 허벅지 안쪽이나 배, 발뒤꿈치 등 사람들 눈에 띄지 않는 부위에 자해했다.

어머니가 베란다에서 목을 맸다. 빚쟁이들한테 끌려갔다가 사흘 만에 돌아와서 그런 짓을 저지른 것이다. 아파트는 경매로 넘어갔다. 아버지는 친척들과 돈 문제로 척졌고, 아파트를 뺏기고도 은행에 상당한 액수의 빚을 지게 되었다.

아버지는 서울 토박이로 대학도 서울에서 다녔기 때문에 강원도에서 군 생활을 하던 시기만 빼면 서울을 떠난 적이 없었다. 그런 아버지가 서울을 떠나고 싶다고 했다. 집값이 싸면서 알아보는 사람이 아무도 없는, 자연경관이 아름다운 도시면 좋겠다고 했다. 아버지와 은영은 같은 도시를 떠올렸다. 수학여행을 갔던 것 말고는 연고가 전혀 없는 도시였다. 아버지는 은영이 서울에 남아 대학을 졸업하기를 바랐지만, 은영은 자퇴하고 아버지를 따라 지방 소도시로 내려갔다.

아버지는 학력을 속이고 시청에 청소노동자로 취직했다. 은영의 걱정과 달리 아버지는 한 번도 해본 적 없는 노동일에 적응을 잘해 나갔다. 아버지의 몸에서 파스 냄새가 옅어질수록 그는 은영이 알지 못하는 사람으로 변해갔다. 외모가 먼저 변했는데 십 킬로쯤 살이 빠져서 턱선은 날렵해지고 햇빛을 많이 봐서 낯빛은 검어졌다. 거기다 느닷없이 귀밑머리가 새하얗게 올라와서 얼굴만 보면 마흔여덟이 아니라 쉰다섯쯤으로 보였다. 하지만 은행원으로 앉아서 오래 일하면서 굽어진 허리와 휘어진 목뼈가 정상으로 펴져서 몸만 두고 보자면 예전보다 더 젊어 보였다. 굽이치는 파도처럼 억양이 오르내리는 그 지역의 억센 말투를 아버지는 금세 익혔다. 아버지가 동료들과 어울려 술을 마실 때 보면 외지인처럼 보이지 않고 그 지역에서 나고 자란 토박이 같았다. 겉모습만 봤을 때 아버지는 은행원이던 시절보다 청소부인 지금이 더 행복한 듯 보였다. 즐거우면 웃고, 화나면 소리치고, 속상하면 울었다. 그는 돈 앞에서 뻔뻔해졌고, 동료들 앞에서는 허세를 부렸으며, 식당에서 서빙을 하는 여종업원들 앞에서는 느글거렸다. 딸 앞에서 강한 척하지 않았고, 모든 책임을 혼자 지려 하지도 않았다.

그 도시에서는 동자승의 머리처럼 귀여운 왕릉을 어디서나 볼 수 있었다. 은영은 왕릉이 내다보이는 쌈밥집에서 아르바이트를 시작했다. 처음에는 네 시간만 일했는데 한 달 후부터 정규직으로 일을 하게 되었다. 일주일에 육 일, 월요일만 빼고 아침부터 저녁 장사가 끝날 때까지 일했는데 손님이 많아서 일이 고된 대신 월급이 셌다.

비가 오는 날이면 손님이 뚝 끊어졌다. 그런 날이면 대기 손님들의 편의를 위해 준비해둔 의자에 앉아 왕릉에 비가 내리는 풍경을 오래 봤다. 이 차선 도로만 건너면 왕릉에 들어갈 수 있었는데, 가까이 있어서 언제나 갈 수 있다는 이유로 왕릉 방문은 매번 다음으로 미뤄졌다. 결국 그렇게 미루고 미루다 도시를 떠날 때까지 왕릉을 배경으로 사진 한 장 찍지 못했다.

은영이 계속해서 쌈밥집에서 일을 할 수 있었던 이유는 무엇이었을까? 대학으로 돌아가고 싶다는 희망, 통장에 돈이 쌓여가는 것에 대한 단순한 재미, 그것보다 너무나 평온해서 처음부터 정이 가지 않았던 도시를 떠나고 싶은 열망이 강했기 때문이었다. 돈을 버는 이유는 다양했지만, 그 도시에서 은영에게 위안을 주었던 것은 한 가지뿐이었다. 도보로 출근할 때 보게 되는 감나무가 그것이었다. 부녀는 그 도시에서 가장 큰 시장 옆에 있는 양옥집의 이 층을 세내어 살고 있었다. 집에서 식당까지 매일 걸어 다녔는데 느긋하게 걸으면 이십 분쯤 걸리는 거리였다. 그 길에 이름 모를 작은 왕릉이 있었고 왕릉 옆에 구멍가게가 있었다. 구멍가게에서 멀지 않은 곳에 주인 없는 감나무가 한 그루 있었다. 감나무 옆에는 널찍한 마루가 놓여 있어 날씨가 좋은 날에는 동네 할머니들이 나와 담소를 나누곤 했다. 은영은 첫 출근 하던 날 감나무를 봤다. 앙상하게 나뭇가지만 남아서 괴기스럽기까지 했다. 그때가 일월 말이었는데 서울의 추위에 비하면 봄날이었다. 은영은 이상하게 나무에 마음이 쓰였다. 처음에는 그것이 감나무인 줄도 몰랐다. 앙상하던 나무에 푸릇푸릇 새싹이 돋고, 하얀 꽃이 피고, 초록색 잎이 손바닥만큼 커지더니 개암처럼 작은 감이 열렸다. 은영은 그 나무가 과실수일 거라고는 전혀 생각하지 못했다. 비가 한 번 올 때마다 감은 굵어졌고 뜨거운 여름이 지나고 나자 열매가 주황색으로 조금씩 물들어갔다. 은영은 그 길을 지나다닐 때마다 감탄했다. 감나무에 감이 열려 있는 게 너무 예뻐서 어쩔 줄 몰랐다. 관광객들의 손이 닿지 않는 높은 가지에 열린 열매는 나뭇잎이 다 떨어지도록 나무에 매달려 서서히 익어갔다. 멀리서 보면 빨간 유리구슬 같았다. 은영은 빨갛게 익은 홍시에 하얀 눈이 소복이 쌓인 풍경이 보고 싶었는데, 그녀가 도시에 머무는 동안 눈다운 눈은 오지 않았다.

은영은 도시에서 일 년을 살았는데 여전히 친구 하나 없었다. 식당에서도 연차가 있었지만, 특별히 가깝게 지내는 직원은 없었다. 은영은 일을 마치고 직원들과 어울려 맥주 한 잔 마신 적이 없다. 모임에 끼지 않는 데 특별한 이유는 없었다. 문제는 어울려야 할 이유도 없다는 것이었다. 은영이 매번 거절하자 직원들은 더는 은영에게 묻지 않고 자기들끼리 어울렸다.

쌈밥집 단골 중에 화가가 한 분 계셨는데 빵모자를 쓰고 수염을 길게 기른 풍채 좋은 신사였다. 화가는 은영에게 쓸데없는 소리를 가끔 했다.

"이 티셔츠 어때요? 군대 가 있는 아들놈 옷인데 나한테 잘 어울려요?"

은영은 뭐라 대답을 못 하고 밑반찬만 열심히 상 위에 올렸다.

"내가 왜 맨날 빵모자를 쓰고 다니는지 알아요?"

은영이 대답하지 못하자 화가가 빵모자를 벗었다. 화가는 정수리가 훤하게 비어 있는 대머리였다.

"이제 알겠죠?"

화가는 호탕하게 웃었다. 그날 화가와 동행한 여자는 은은하게 미소를 짓고 있다가 조용히 화가를 나무랐다.

"여보, 장난 그만 해요. 아가씨가 놀랐잖아요."

여자가 은영에게 정식으로 사과를 했다. 은영은 괜찮다고 놀라지 않았다고 대답했다. 여자가 사과의 표시라며 연극초대권을 두 장 줬다. 여자는 그 도시에 유일하게 있는 극단의 대표였다.

식당이 일주일에 하루 쉬는 날이 월요일이었는데 공교롭게 월요일은 공연이 없었다.

은영은 오랜만에 연극이 보고 싶었다. 몸이 아프다고 거짓말을 할까, 종일 고민만 하다가 저녁 시간이 되기 직전이 되어서야 사장한테 연극공연이 보고 싶어서 그러는데 일찍 퇴근해도 되냐고 물었다. 사장은 별 해괴한 소리를 다 듣겠다는 표정을 지었다. 은영은 아프다고 거짓말을 할 걸 후회하면서도 자신은 결코 거짓말을 하지 못하리라는 것을 알고 있었다.

　은영은 쉬는 날 혼자서 놀이동산에 갔다. 마침 오늘이 은영의 생일이었다. 아침부터 날씨가 잔뜩 흐렸다. 곧 비가 쏟아질 것 같았다. 월요일이라 놀이동산에는 손님보다 직원이 더 많았다. 오늘 계획은 놀이기구를 질릴 때까지 타보는 것이었다. 손님이 없었기 때문에 줄을 서지 않아도 됐다. 은영이 가기만 하면 오직 그녀만을 위해 거대한 기계가 움직였다. 익스트림 놀이기구를 세 개 탔더니 더는 아무것도 타고 싶지 않았다.

　은영은 걸어 다니며 놀이동산 구석구석을 훑어보았다. 날씨가 흐린데다 바람까지 불어서 추운 날씨였다. 은영은 새파랗게 질려서 뭔가를 찾는 사람처럼 왔다 갔다 했다. 은영은 손목시계를 자주 확인했다. 약속이 있어서 그런 건 아니었다. 심심하고 할 일이 없으니까 시간을 더 확인하게 되는 것 같았다. 배가 전혀 고프지 않았지만, 식당가로 갔다. 식당가를 몇 번이나 돌았다. 먹을 만한 게 없었다. 그것은 식당의 잘못이 아니라 은영의 문제였다. 만만한 햄버거 세트를 주문하고 밖이 내다보이는 창가에 가서 앉았다. 은영은 햄버거에는 손도 대지 않고 창밖만 봤다. 관람객들을 보는 건 재미가 없었다. 놀이동산에서 관람객들은 이쪽에서 저쪽으로 한 번 걸어가고 마는 엑스트라였다. 여기서는 직원이 주인공이었다. 직원들은 가벼운 율동을 하면서 관람객을 맞이하고 입장권을 확인하고 놀이기구를 움직였다. 좀 더 보니 재방송이 무한 반복되는 텔레비전을 보는 것처럼 지겨웠다. 한 입도 먹지 않은, 차가워진 햄버거를 버리고 밖으로 나왔다.

사위는 더 어두워지고 바람도 강해졌다. 목덜미에 소름이 오소소 돋았다. 벨벳 재킷은 어제 아버지가 생일 선물이라고 사 왔는데 지금 날씨에 입기는 추웠다. 은영은 팔짱을 껴서 체온을 유지하려 했다. 집에 갈까? 잠시 고민을 했지만 조금 더 놀기로 했다. 은영은 아까 왔던 길을 되돌아갔다. 무슨 놀이기구를 타야 할지 몰라서 한참을 망설이다 왔던 길을 돌아 내려갔다. 이번에는 비교적 무섭지 않은 놀이기구를 타기로 했다. 정글 보트 탐험과 바이킹을 탔더니 손발이 얼어서 움직일 수가 없었다. 놀이기구를 더 타는 건 무리였다. 그렇다고 이대로 집에 돌아가고 싶지도 않았다.

은영은 기념품을 파는 수레에서 새파란 헬륨 풍선을 샀다. 흔히 볼 수 없는 시원하고 청량한 파란색이 마음에 쏙 들었다. 계산을 마치고 나서야 성인이 풍선을 들고 다니는 것을 사람들이 이상하게 생각하지 않을까 걱정이 되었다. 은영이 사고 싶었던 것은 풍선이 아니고 오랜만에 만난 마음에 드는 파란 색깔이었던 것이다. 은영은 기념품 수레 옆에 있는 벤치에 앉아서 풍선을 어떻게 할까, 고민하고 있었다. 풍선을 터트리면 가스는 날아가고 풍선의 부피는 손바닥만 해질 것이다. 그걸 가방에 넣어가고 싶었다. 그런데 일반 풍선이 아니라 터뜨리려 해도 터지지 않았다.

"이거 입을래요?"

수레에서 기념품을 파는 남자였다. 은영은 자신도 모르게 뒤로 물러앉았다.

"어제 빨아서 깨끗한 거예요. 사양 말고 입어요. 입술이 새파래요."

남자가 막대사탕을 내밀었다. 포장지가 분홍색인 딸기 맛 사탕이었다. 은영이 사탕을 받지 않고 망설이자 남자가 포장지를 벗겨서 다시 내밀었다.

"저 아무한테나 이러는 사람 아니에요."

은영은 남자가 무슨 뜻으로 그런 말을 하는지 해석이 되지 않았다. 혹시 관심이 있다는 표현은 아닐까, 그런 생각이 잠시 들었지만 그건 아닌 듯했다. 은영은 자신이 사람들의 눈에 띌 만큼 예쁘지 않았고 호감을 주는 좋은 성격도 아니라고 생각하며 살았다. 은영이 처음으로 좋아한 남자는 짓궂은 장난을 치기로 유명한 동급생이었다. 그 애는 은영과 같은 피아노 학원에 다녔는데, 자신을 제치고 은영이 콩쿠르에 나가게 되자 화가 나서 은영의 운동화를 좌변기에 빠뜨렸다. 고등학교 시절 내내 은영의 마음을 설레게 했던 사람은 그 당시 서울대를 다니고 있던 교회 오빠였다. 은영 말고도 교회의 모든 여학생이 그를 좋아했다는 것이 문제였다. 제대로 된 연애는 대학 신입생 때 전역한 선배를 잠시 만난 것이 전부였다. 사랑을 고백한 것도 이별을 통보한 것도 선배였다. 선배가 자신의 어떤 점에 끌려서 고백하게 되었는지 몰랐던 것처럼, 자신의 어떤 점에 질려서 이별을 고했는지도 알지 못했다.

"어서요."

남자가 사탕을 다시 권했다.

"사탕은 왜요?"

"당이 필요할 거 같아서요. 얼굴이 너무 창백해요. 쓰러질 것처럼요."

은영은 자신의 뺨을 쓰다듬었다. 뺨이 너무 차가워서 은영은 속으로 놀랐다. 은영은 남자가 건네는 사탕을 받아들었다. 남자는 은영이 사탕을 입에 넣을 때까지 심각한 얼굴로 은영을 쳐다보고 있었다. 은영은 사탕을 입에 넣고 빨았다. 달콤한 딸기 냄새가 입 안 가득 퍼졌다. 은영은 남자가 자신에게 관심이 있는 것이 분명하다고 혼자 생각했다.

"아까부터 봤어요. 개장하자마자 입장했었죠?"

은영은 더럭 겁이 났다. 선한 인상에 부드러운 목소리를 가진 이 남자가 어쩌면 범죄자일 수도 있었다.

"놀라지 마세요. 저 나쁜 사람 아니에요. 보다시피 날씨가 안 좋아서 손님도 별로 없는데 아까부터 혼자서 계속 배회하니까 눈에 띄죠."

은영은 긴장을 풀지 않았다.

"우리 같은 버스 타고 여기 왔는데, 기억 안 나요?"

은영은 벤치에서 벌떡 일어나 뒷걸음질 쳤다. 드문드문 손님들이 지나다녔고 가까이 놀이기구를 운전하는 직원도 있어서 그나마 침착할 수 있었다.

"추로스 파는 제 친구도 그쪽 봤다던데요, 뭐."

남자가 당황해서 변명조로 말했다. 은영은 이건 또 무슨 소린가 해서 추로스를 파는 친구를 찾아 고개를 두리번거렸다.

"여기서는 안 보이죠. 롤러코스터 쪽에 있으니까요."

"근데 누구세요? 혹시 저 아세요?"

"저 기억 안 나요? 기억 전혀 못 하시는구나. 쌈밥집에서 일하시죠? 거기서 봤어요. 극단 대표님이랑 몇 번 갔었거든요."

은영은 그제야 얼굴이 풀어졌다. 남자가 은영의 쌈밥집에서 보고 얼굴을 기억하고 있었다면 버스에서 봤을 때 알아보는 건 당연한 일이었다. 놀이동산 안에서도 그렇고. 사람을 안다는 것은 수십 또는 수백의 사람 사이에서 그 사람을 알아본다는 것이니까. 아는 사람과 그렇지 못한 사람은 그렇게 큰 차이를 가진다. 이제 은영은 극단 사람들 십여 명이 한꺼번에 쌈밥집에 들이닥쳐도 남자를 알아볼 수 있을 것이다.

남자가 잠깐만 기념품 수레를 봐줄 수 있냐고 물었다. 은영은 그러고 싶지 않았다. 그만 버스를 타고 집에 돌아가고 싶었다.

"좀 급해서 그래요. 오 분만요."

남자는 은영의 대답을 듣지 않고 뛰어가 버렸다. 은영은 머릿속이 복잡해졌다. 손님이라도 오면 어째야 할까. 물건을 팔라는 건 아니겠지. 은영은 풍선 가격밖에 몰랐다. 잔돈도 없었고. 은영은 남자가 뛰어간 방향으로 고개를 길게 빼고 쳐다보았다. 어느새 남자는 시야에서 사라지고 없었다. 은영은 오지랖이 참 넓은 사람이라고 생각했다. 나쁜 의미는 아니었다.

얼마 지나지 않아 남자가 추로스와 핫초코를 사 들고 돌아왔다. 은영의 손에는 여전히 막대사탕이 들려 있었다. 남자가 추로스와 핫초코를 은영에게 내밀었다. 은영은 잠시 망설였다. 남자가 다시 권했고 은영은 핫초코만 받아 들었다.

"아까 말했죠. 추로스 파는 친구도 그쪽 안다고. 극단에 같이 있거든요. 걔가 점심 같이 먹지 않겠냐고 물어요. 좀 있으면 점심시간이거든요. 아 참, 그리고 이름이 어떻게 돼요? 이름을 모르니까 말할 때 불편한 거 같아요. 아까도 추로스 친구한테 그쪽 말할 때 쌈밥집이라고 했거든요."

은영은 참지 못하고 큭, 소리를 내며 웃었다. 쌈밥집이라니, 못 알아들을 수가 없는 별명이었다.

"먼저 제 소개를 할게요. 이름은 박현우. 스물여섯이에요."

"한은영이에요. 스물셋이에요. 계속 쌈밥집이라고 불러도 좋아요. 별명이 마음에 들거든요."

사람의 마음을 단번에 무장해제시켜 버리는 사람들이 있다.

은영은 살면서 그런 사람을 두 명 만났는데 현우가 그중 하나였다. 현우는 착하고, 바르고, 단정한 사람이었다. 그래서 주위에 항상 사람이 많았다. 현우는 도움이 필요한 사람을 보면 그게 누구든 최선을 다해 도와주려 노력했다. 현우의 그런 성격은 교육된 것이 아니라 타고난 것이었다. 은영은 한눈에 현우가 좋은 사람임을 알아봤다.

  은영은 쌈밥집을 그만두고 놀이동산에 일자리를 구했다. 현우처럼 파트 타임으로 일하고 저녁에는 극단에 나갔다. 단원들은 학생이거나 직장인이 대부분이었는데 연극만 해서는 생활이 안되기 때문이었다. 현우는 극단에서 사무 일을 하고 월급을 받았는데, 극단에서 월급을 받고 일하는 유일한 단원이었다. 현우는 보육원 출신이었다. 대표님이 보육원으로 봉사활동을 갔다가 인연이 닿아서 고등학교 때부터 극단 생활을 해오고 있었다. 은영이 극단에서 하는 일이라고는 포스터 붙이기, 소극장 청소, 차 심부름, 대본 복사 등 단순 업무였다. 시간이 지나서는 진행을 하거나 음향 오퍼, 의상 보조 등 스텝 일을 하기도 했다. 단원들은 배우로 참여할 때도 있고 적당한 배역이 없으면 스텝으로 빠지기도 했다. 은영은 오랫동안 배역을 받지 못했다. 연출은 은영에게 맞는 배역이 없어서 그런 것이니 속상해하지 말라고 했다.

겨울 정기 공연에서 은영은 작은 배역을 맡게 되었다. 신혼여행을 떠나는 신부 역이었다. 극단생활을 시작한 지 햇수로 이 년 만의 일이었다. 은영은 드디어 배역을 맡게 되었다는 생각에 설레서 잠이 안 왔다. 은영은 밤잠을 안 자고 몇 줄 안 되는 대사를 이렇게도 읽어 보고 저렇게도 읽어 보며 혼자서 연습했다. 은영은 생각처럼 연기가 잘 나오지 않아 괴로웠다. 배역만 맡으면 누구보다 잘할 수 있을 줄 알았는데 그게 아니었다. 매일 연기 지적을 받았다. 선배들은 은영이 이상하게 연기력이 늘지를 않는다며 의아해했다. 두 달간의 연습 기간은 지옥이었다.

"선배, 이번 연극은 망했어."

은영은 현우를 보고 우는 소리를 냈다.

"망한 거 맞아. 그러니까 신경 쓰지 말고 너 하고 싶은 대로 해."

현우의 조언은 은영에게 약이 되었다. 잘해야겠다는 욕심을 내려놓자 연기가 한결 자연스러워진 것이다. 은영은 순박한 충청도 '신혼녀' 역을 무리 없이 소화했다. 첫 배역에서 이만큼 해내기 힘들다고 단원들이 응원해주었다. 연출은 은영한테서 새로운 가능성을 봤다는 칭찬의 말을 해주었다. 공연 기간은 보름이었는데 늘 그렇듯이 관객은 많지 않았다.

은영은 대학에서 유아교육학을 전공했다. 아버지는 은영이 교사가 되기를 바랐다. 여성이라는 특수성과 직업의 안정성을 생각해서였다. 은영은 사범대를 지원하기에 성적이 부족했다. 아버지는 유치원 교사도 나쁘지 않을 거라고 조언했다. 경력을 쌓아 유치원을 직접 운영할 수도 있었다. 은영은 진로를 결정할 때 관심 분야나 적성은 고려하지 않았다. 그래서 포기도 쉬웠던 것인지 모르겠다. 아버지가 직장을 잃고 중산층의 삶에서 밀려난 이후로 은영은 자신의 삶을 방치했다. 돌이켜보면 어려서부터 꿈이 있었던 적이 없다. 안정적인 일자리를 얻어 남들처럼 평범하게 사는 것이 인생의 목표였다.

은영은 직업 배우가 되기로 했다. 현우가 의외라는 듯 물었다.

"어떻게 그런 생각을 하게 됐어? 난 네가 취미로 연극을 한다고 생각했었는데."

"선배 말이 맞아요. 난 지금까지 연극을 취미로 생각했어요. 극단에 나오는 대부분의 단원처럼요. 이번에 연기를 직접 해보니까 알겠더라고요. 제가 이 일을 얼마나 좋아하는지. 지금껏 살면서 돈과 상관없이 순수하게 뭔가가 되고 싶다는 생각을 한 건 이번이 처음이에요.

"우리 은영이 많이 성장했네. 맞아, 배우는 참 매력 있는 직업이야. 무대 위에서 잠깐이지만 내가 아닌 다른 사람으로 살 수 있다는 점이 특히 더 그래."

"선배 말이 맞아요. 저는 죽을 때까지 배우를 하면서 천 가지 삶을 살아보고 싶어요. 그래서 천 사람의 마음과 천 사람의 사랑과 천 사람의 고통을 경험할 거예요. 지금까지의 내 삶은 가짜였어요. 빈 껍데기였고요. 지금부터가 진짜 제 삶이에요."

은영이 현우한테 고백한 속마음은 진짜였다. 은영은 정말 배우가 되고 싶었다. 아마추어 배우가 아닌 프로 배우. 지방이 아니라 대학로에서 활동하고 싶었다. 그건 현우도 마찬가지였다. 은영은 현우와 같은 꿈을 꾼다는 게 더없이 좋았다. 은영이 현우한테 말하지 않은 속마음도 있었는데, 현우가 속물이라고 할까 봐, 차마 말하지 못한 부분이었다. 은영이 배우로 성공하려고 하는 데는 순수한 열정만 있는 것이 아니었다. 현우는 평생 한눈팔지 않고 무대를 지키겠다고 했지만, 은영은 생각이 달랐다. 연극배우로 활동하면서 연기력을 쌓은 다음 영화배우가 되는 것이 최종 목표였다. 톱스타가 될 필요도 없다. 영화배우로 얼굴만 좀 알리면 돈과 명예는 절로 따라오는 법이다. 시간이 지나서 알게 된 사실인데 연극배우 대부분이 은영처럼 생각하고 있었다. 배우는 연기로만 평가받는다. 학력 콤플렉스가 있는 은영에게는 이보다 좋은 직업이 없었다. 대한민국에서 학벌이 중요하지 않은 유일한 직업군이 배우라고 은영은 생각했다.

은영은 대학로에서 신체극을 주로 하는 극단의 오디션에 합격했다. 같이 오디션을 본 현우는 떨어졌다. 단원들은 은영이 극단을 포기하고 현우 옆에 남을 거라고 예상했다. 하지만 은영은 그러지 않았다. 당장 놀이동산부터 그만두더니 서울에 올라갈 준비를 차근차근했다. 은영은 오랫동안 떠날 마음의 준비를 계속해왔었던 터라 모든 게 쉬웠다. 현우가 걸리지 않는 건 아니었지만 어렵게 잡은 기회를 포기할 만큼은 아니었다. 지금 가장 큰 걸림돌은 현우가 아닌 보증금이었다. 그동안 벌었던 돈은 거의 빚을 갚는 데 썼다. 통장에는 푼돈이 들어 있었다.

떠나기 전날, 현우가 은영을 찾아왔다.

"안 가면 안 돼? 여기서 좀 더 실력 쌓아서 나랑 같이 올라가자. 보증금도 없잖아. 당장 어디 있을 거야?"

은영은 순간 당황했다. 현우라면 은영의 앞날을 누구보다 응원해 줄 것이라 믿었다.

"아니. 내일 올라갈 거야. 길바닥에서 자는 한이 있어도 가. 선배는 실력 키워서 올라와. 서울서 기다릴게."

사실 은영은 그렇게 매정한 사람은 아니었다. 도리어 마음이 약한 편이라 사람들에게 휘둘리는 성격이었다. 그랬던 은영이 이리 단호하게 나올 줄 현우는 미처 알지 못했다.

현우는 할 말이 많아 보였지만 더는 뭐라 하지 않았다. 그의 쓸쓸한 눈빛이 연인과 떨어져야 하기 때문인지, 오디션에 은영만 붙은 것에 대한 질투인지, 은영은 알 수 없었다. 다음 날 현우는 은영을 배웅하러 터미널에 나오지 않았다. 은영은 고속버스에 올라타면서 다시는 이 도시에 돌아오지 않겠다고 다짐했다.

집을 구하지 못한 은영은 선배들의 눈을 피해서 연습실에서 쪽잠을 잤다. 지하철역 화장실에서 씻다 보니 행색이 나날이 나빠졌다. 은영은 선배들에게 조만간 들통이 나고 말 것이란 불안감에 시달렸다. 그렇게 되면 극단에서도 쫓겨날 것이다.

통장에 목돈이 입금되었다. 보낸 사람에 아버지 이름이 찍혀 있었다. 아버지한테 전화를 걸었다. 아버지는 목돈에 대해 아는 바가 없었다. 누가 보냈는지 모르지만 마침 은영이 필요로 하는 보증금과 같은 액수였다. 당장 돈을 뽑아서 방을 구하고 싶었지만, 은영은 며칠 동안 돈에 손을 대지 않았다. 주인이 나타나 돈을 돌려달라고 할 것 같아서였다. 일주일을 기다렸다. 그때까지 아무런 일도 벌어지지 않았다. 은영은 통장의 돈을 뽑아서 월세방 보증금으로 썼다.

현우의 부고 소식이 들려왔다. 사인은 자살이었고 은영이 도시를 떠나고 일 년 후의 일이었다. 현우가 다섯 장의 카드를 발급받아 돌려막기를 하며 살아왔다는 사실을 은영은 까맣게 몰랐다. 연일 카드대란에 대한 뉴스가 쏟아져 나오던 시기였다. 정부가 경기부양을 위해 카드를 남발한 것이 부메랑이 되어 돌아오는 중이었다. 빚이 얼마나 무서운 것인지 은영은 자신의 어머니를 통해 배웠다. 그 경험을 현우한테 수도 없이 말했다. 현우는 무슨 생각으로 그 많은 카드를 만들었을까? 그리고 그 돈으로 무엇을 했을까? 그것은 은영이 영원히 풀 수 없는 비밀이었다. 은영은 현우를 위해 챙겨 놓은 신입 단원 모집 전단을 쓰레기통에 버렸다.

반투위

은영은 겨우 기운을 차렸다. 식사를 하면 돈이 생긴다는 생각으로 밥을 먹었다. 직장에 출근하듯이 산책하러 나갔다. 은영은 생각했던 것보다 기력이 더 떨어져 있었는데 젊어서인지 회복도 빨랐다.

은영은 지역신문에서 매립지에 관련된 기사를 찾아보고 관리사무소에 가서 이것저것 물어보기도 했다. 그것만으로 많은 사실을 알게 되었다. 은영이 시세보다 비싸게 아파트를 샀다는 것도 알게 되었다. 시에서 작년에 매립지 공사를 강행하려고 한 이후로 아파트 가격이 10%나 빠졌는데, 은영은 빠지기 전의 가격으로 산 것이다. 은영이 매매를 망설이고 있을 때 투자를 할 만한 집을 알아보러 들어온 부부가 수상했다. 어쩌면 그 모든 게 부동산 사장이 꾸민 일이 아닐까? 은영은 혼자 의심했다. 은영처럼 서울에 살면서 시간에 쫓겨서 부동산 업자 말만 믿고 집을 사는 사람이 아니라면 이 지역의 집을 살 사람은 없어 보였다. 풍문에 의하면 매립지 공사 강행 전에 상당수가 좋은 값을 받고 집을 팔아치우고 도시를 떠났다고 한다.

은영은 하루에도 몇 번씩 부동산에 쫓아가 따지고 싶은 걸 참았다. 확실한 증거를 잡은 다음에 찾아가려고 하루 이틀 미뤘지만 무슨 증거를 찾겠다는 것인지 은영 자신도 잘 몰랐다. 은영은 누구에게 사기를 당한 것일까. 부동산일까, 공무원들일까. 잘 알아보지 않고 덜렁 집을 산 자신의 잘못이 가장 큰 것 같아 괴로웠다.

정신이 없어서 아버지한테 이자를 보낸다는 걸 깜박했다. 아버지는 집에 별일 없냐고 전화를 걸어왔다. 그제야 은영은 이자를 보낼 날짜가 지났다는 것을 알았다. 은영은 정수한테 말도 못 하고 혼자서 속을 끓였다. 아무것도 모르는 정수는 속 편하게 지냈다. 연습이 있으면 연습을 마치고 늦게까지 술을 마셨고, 공연이 있으면 공연을 마치고 술을 마셨다. 연습도 공연도 없는 날이면 지인의 공연장을 찾아가 공연을 보고 뒤풀이에 참석했다가 외박을 했다.

은영은 정수만 보면 화가 났다. 정수가 잘못한 게 없을 때도 화가 나는 것으로 보아 은영의 화를 돋우는 것은 정수가 아니라 매립지였다. 은영과 정수는 자주 싸웠다. 화해하는 틈도 길어졌다. 은영은 정수가 반대해서 사지 못했던 서울의 빌라가 자꾸 생각

났다. 그때 빌라를 샀더라면 매립지가 예정된 이 시골까지 와서 집을 사는 일은 없었을 것이다. 그 생각만 하면 은영은 정수가 미워졌다. 일 핑계를 대고 술자리만 돌아다니는 모습이 꼴 보기 싫었다. 은영은 연기를 포기하고 생업을 책임지고 있는데, 은영의 마음을 조금도 헤아려주지 않는 정수가 천하의 나쁜 놈처럼 여겨졌다.

그런 생각을 너무 많이 했기 때문일까, 정수가 술을 마시고 늦게 들어온 날 대판 싸우게 됐다. 술을 왜 그렇게 많이 마시냐? 은영이 물으면 정수는 누군 마시고 싶어서 마시는 줄 알아? 연출이 안 보내주는 걸 어쩌냐, 라고 받아쳤다. 친하지도 않은 선배가 연습실을 차려서 고사를 지내는 데는 또 왜 갔냐, 라고 은영이 따지면 정수는 지금 하는 작품 그 선배가 연결해 준 거야, 라고 짜증을 냈다.

"도대체 뭐가 문제야. 불만이 있으면 말을 해."

"네가 빌라 못 사게 했잖아."

은영의 입에서 뜬금없는 소리가 튀어나왔다.

"뭐?"

"우리 신혼집 그거 내가 대출받아서 사자고 했잖아. 근데 자기가 다 거품이라고 곧 꺼질 건데, 왜 사냐고 해서 못 샀잖아. 근데 그게 지금 얼마나 올랐는지 알아?"

정수는 완전히 질린 표정이었다.

"또 그 소리야. 넌 지겹지도 않니. 앵무새마냥 매일 같은 소리. 그래서 지금 이 시골에 집 사서 살고 있잖아. 네가 고집 부려서."

"앵무새라고? 지겹다고? 지금 그게 네가 나한테 할 소리야. 진짜 앵무새는 너잖아. 너 오늘도 공연장에서 어제 한 말 그대로 하고 왔잖아. 그리고 그 말 내일 또 할 거잖아. 나는 네가 지겹다고 하는 앵무새가 되고 싶었어. 학습지 교사 따위가 되고 싶었던 게 아니라고."

"아이씨!"

정수가 집어던진 리모컨이 날아가 벽에 부딪히는 소리가 컸다.

"내가 연기 그만두고 학습지 교사 하라고 했어? 네가 좋아서 한 거잖아. 그래 놓고 인제 와서 나더러 뭘 어쩌라고?"

그 말에 은영은 맞서지 못하고 무너지고 말았다. 정수가 그렇게 생각하고 있는 줄 몰랐다. 서러움에 눈물이 마구 쏟아졌다. 인터폰이 울렸다. 감정을 추스르고 정수가 인터폰을 받았다. 이웃에서 경비실로 항의 전화를 많이 한 모양이었다. 경비가 조용히 좀 해주세요. 부탁드립니다, 라고 하는 소리가 은영한테까지 들렸다. 정수는 은영 쪽으로는 눈길도 주지 않다가 핸드폰을 챙겨 들었다. 은영은 하염없이 울면서도 정수의 움직임에서 눈을 떼지 않았다. 정수가 현관으로 가자, 은영이 정수를 불러 세웠다.

"어디가? 싸우고 나가는 버릇 좀 고치면 안 돼? 오늘은 나랑 같이 있어 줘. 무서워."

정수는 한숨을 깊게 내쉬었다.

"잠깐 바람 쐬고 올게."

정수가 나가고 도어록이 자동으로 닫히자 은영은 소리까지 내며 울었다.

은영은 정말 무서웠다. 지금 곁에 아무도 없다는 게 무서웠고, 바보같이 사기를 당한 것을 누가 알까 봐 무서웠다. 무엇보다도 계속해서 집값이 내려가는데 매수자가 전혀 없다는 사실이 제일 무서웠다. 집을 사는 게 아니었다. 분수에 맞게 전세를 살았더라면 이런 일은 일어나지 않았을 것이다.

전세가 좋은 점은 보일러가 고장이 나면 집주인이 교체해 준다는 것이다. 재산세를 낼 필요도 없고, 이사 갈 때 그동안 다달이 냈던 장기수선충당금을 받아 갈 수 있었다. 집값이 아무리 내려가도 집주인에게 맡겨 놓은 전세금은 그대로고, 주변에 혐오시설이 들어서면 계약기간을 채우고 훌쩍 떠나면 그만이었다. 은영은 전세 세입자가 민들레 홀씨 같다고 생각했다. 그런 가벼운 떠돌이 생활이 싫어서, 한 곳에 뿌리내리고 살고 싶어서 무리하게 대출을 받아 집을 샀다.

다음 날, 날이 밝을 때까지 은영은 깨어 있었다. 바람을 쐬고 오겠다던 정수는 돌아오지 않았다. 핸드폰은 꺼져 있었다. 일 분이 한 시간이 영원처럼 길게 느껴졌다. 리모컨은 건전지 덮개의 플라스틱이 깨져 있었다. 은영은 스카치테이프를 이용해서 덮개를 고정했다. 전원 버튼을 눌러 보았다. 리모컨이 작동하지 않았다. 은영이 전원 버튼을 힘껏 오래 눌렀더니 텔레비전 전원이 들어왔다. 은영은 다시 텔레비전 전원을 껐다. 전원을 끌 때도 전원 버튼을 힘껏 오래 눌렀다.

아무리 생각해도 집을 파는 방법뿐이었다. 매립지가 들어서면 이 지역은 희망이 없다. 시에서 하는 일을 주민들이 반대한다고 해서 막을 수 없을 것이다. 주민들은 무조건 우리 지역에 매립지는 안 된다. 다른 지역으로 옮겨라, 라고 주장하지만, 매립지가 들어선다는데 두 팔 벌려 반기는 지역이 있을까. 없을 것이다. 어느 지역을 가나 반대가 거세다면 용지 매입까지 끝낸 이 지역에서 물러날 까닭이 없었다. 집을 팔고 서울로 이사를 하겠다고 하면 정수도 반길 것이다. 집이 가까워지면 외박을 하는 날도 줄어들

테고. 어쩌면 정수는 집 문제로 은영에게 시위를 하고 있는지 몰 랐다. 그래서 사사건건 서로 부딪치는지도.

집을 팔기로 마음의 결정을 내리고 나니 조금은 편해졌다.

부동산은 열 시에 오픈이라고 입구에 적혀 있었다. 은영은 여 덟 시 이십 분부터 부동산 앞에 앉아 있었다. 출근하던 부동산 사장이 은영을 보더니 깜짝 놀랐다.

"무슨 일이세요?"

"아저씨, 저한테 왜 거짓말하셨어요? 아저씨 거짓말 때문에 저 는 돈도 잃고 집도 잃고 남편도 잃을 처지가 됐다고요. 아저씨가 이 동네에 매립지가 생길지도 모른다고 한 마디만 해줬더라면 이 렇게 되진 않았을 거예요."

오랫동안 마음에 담아 두었던 말이라고 하기에는 많이 약했다. 은영은 더 큰 목소리로 더 논리적으로 따지지 못한 부분이 마음 에 걸렸다. 은영은 당하고 화도 제대로 못 내는 바보라고 자신을 자책했다. 사장은 그런 적 없다고 딱 잡아뗐다. 은영은 사장한테 제대로 따지지도 못했다. 왜 거짓말을 했냐는 말만 반복했다.

"내가 도대체 무슨 거짓말을 했다는 거예요? 아파트 싸게 산 거 맞잖아요. 새댁이 가진 돈으로는 경기도 어디를 가도 아파트 못 사. 빌라면 모를까."

사장은 어느 순간부터 반말했다.

"매립지 들어온다는 얘기 안 했잖아요. 그 말만 했어도 저, 이 아파트 안 샀어요."

"막말로 그 말을 내가 왜 해줘야 해? 새댁은 신문도 안 봐? 매립지 얘기 나온 지가 언제 적인데 그래. 사는 사람이 정확하게 잘 알아봤어야지. 내가 이중계약을 했어, 중간에서 돈 가지고 장난을 쳤어. 그만 나가. 안 그래도 장사 안 돼 죽겠구먼."

억울해 죽겠는데, 사장의 말을 반박할 말이 떠오르지 않았다. 은영은 부동산을 나와서 정수한테 전화를 걸었다. 핸드폰은 여전히 꺼져 있었다.

집을 매물로 내놓으려고 동네에 있는 다른 부동산을 찾아갔다. 은영이 들어가려 하는데 손님으로 보이는 남자들 셋이 앉아 있었다. 사장으로 보이는 여자가 왜 자꾸 영업을 방해하느냐고 구시렁대며 남자들을 쫓아냈다. 사장이 밖으로 나와 은영을 잡아 세웠다.

"집 보시게요?"

"아뇨. 집 내놓으려고요."

사장은 한숨을 내쉬었다.

"매물만 쌓이네요. 다른 지역은 갭투자자들이 몰려서 거래가 잘 된다는데."

은영이 물었다.

"저 남자들 손님이에요?"

사장은 남자들이 들을까 목소리를 낮췄다.

"반투위 사람들이에요."

"반투위가 뭐예요?"

"반대투쟁위원회의 약자라네요. 매립지 건설을 공개적으로 반대할 모양이에요. 아파트 부녀회, 시의원, 조합장, 상가번영회장, 면장, 뭐 이런저런 지역 유지들하고 주민들이 만든 단체라네요. 만든 지 얼마 안 돼서 주민들이 많이 모이진 않았대요. 저보고도 가입하라고 저러고 있어요."

"그런데 저 사람들이 손님은 왜 쫓아내요?"

"지금 거래하지 말라는 거죠."

"왜요?"

"부동산도 심리 싸움이거든요. 더 빠질 거 같으니까 싸게라도 팔고 싶은 주인이 나올 거잖아요. 기존 거래가보다 싼 가격에 한 번 거래가 되면 그 가격이 적정 가격이 되는 거거든요. 다음에는 거래가 된 싼 가격보다 더 가격을 내려야 다음 거래가 가능해요.

우리 지역이 불확실성이 크잖아요. 그러니까 당연히 어지간히 싼 가격 아니면 매수자가 안 움직이죠."

"시세보다 비싸게 팔리는 경우는 뭐예요?"

"사는 사람이 바보인 거죠. 떨어질 거 뻔한데 누가 비싸게 사요."

그 바보가 은영이라는 것을 사장은 아마 영원히 모를 것이다. 아니, 몰랐으면 좋겠다.

"요즘 시세는 어때요?"

"거래가 있어야 시세가 형성되는 건데, 거래가 없으니 시세도 없는 상황이죠."

롯데리아에서 여자들을 모아 놓고 설명을 하던 남자도 같은 말을 했었다.

"사정이 급해서 그러는데 매물로 받아주시면 안 될까요?"

사장이 일단 동호수를 알려달라고 했다. 그러면서 매물로 올려는 놓겠지만 기대는 하지 말라고 했다.

은영은 다른 부동산을 찾아갔다. 동네의 모든 부동산에 집을 매물로 올려 놓을 생각이었다. 문을 열지 않은 부동산이 많았다. 세 집 중 한 집꼴로 그랬다. 문을 연 부동산도 영업할 생각이 없어 보였다. 전화통을 붙들고 통화하느라 손님이 부동산에 들어오는 것을 모르는 일도 있었다. 부동산마다 두세 명의 어른들이 앉아서 심각한 얘기를 하고 있었다. 귀동냥으로 들어보면 반투위에 가입하라는 것과 한동안 부동산 거래를 하지 말아 달라는 부탁이었다. 집을 싸게 팔았을 때는 소문나지 않게 조용히 일을 처리하라고 했다.

반투위가 집값이 하락할 것을 염려해서 거래까지 막는다는 건과했다. 부동산을 통제할 거면 은영이 집을 사기 전인 육 개월 전부터 할 것이지. 다 늦게 뭐 하는 짓인가 싶었다.

은영은 근처 카페에 가서 부동산을 직거래하는 앱을 설치하고 회원가입을 했다. 은영이 사는 아파트 매물이 끝도 없이 올라와 있었다. 은영은 아무 매물이나 클릭했다. 벽지, 마루는 물론이고 주방, 욕실, 창틀까지 깨끗하게 리모델링을 마친 집이었다. 거래 가격을 정확하게 써놓지는 않고 '시세 저렴. 매매가 조정 가능'이라고 되어 있었다. 리뷰가 세 개 올라와 있어서 클릭해 봤다.

'매물 지겹게 올라온다. 지옥문 열린 듯. 아직도 사는 등신들은 뭐죠?'

'갭투기로 서울부터 땅끝 마을까지 안 오른 데가 없는데, 여기 집 있는 사람들은 좀 불쌍한 듯.'

'아무도 들어오지 않는 집.'

은영은 '아무도 들어오지 않는 집'에 눈이 꽂혀서 한동안 멍하게 그대로 있었다. 오만가지 생각이 다 들었다. 도움을 요청할 만한 곳이 한 곳도 떠오르지 않았다. 은영은 부동산 직거래 앱을 바로 삭제했다. 세상이 은영을 두고 사기를 치는 것 같았다.

　두통이 심해서 꼼짝을 못하고 누워 있는데 초인종이 울렸다. 택배가 아니고 초인종이 울리는 경우는 거의 없었다. 은영은 택배를 시킨 기억이 없었다. 택배가 아니면 누구일까. 집에 찾아올 사람은 없었다. 은영은 문을 열어줄 생각이 없었다. 침대에서 뒤척이다 귀를 틀어막았다. 초인종은 계속 울렸다. 잠시 잠잠하더니 문을 두드리는 소리가 둔탁하게 들려왔다. 은영은 겨우 일어나 밖으로 나왔다.

　"누구세요?"

　"부녀회에서 나왔어요. 문 좀 열어 봐요."

　"무슨 일인데요?"

　"일단 문 좀 열어봐요. 중요하게 할 얘기가 있어요."

　제대로 된 설명 없이 다짜고짜 밀고 들어오겠다는 심산이었다.

　"무슨 일이냐고요. 무슨 일인지 알아야 문을 열어주든지 말든지 할 거 아니에요."

"매립지 들어서는 거 아시죠? 그것 때문에 나왔어요."

은영은 가만히 서서 생각에 잠겼다. 매립지 때문에 왔다면 매립지 공사를 저지하려는 사람인가, 매립지 공사를 강행하려는 사람인가.

"우리 동네에 매립지가 들어서면 안 되잖아요. 매립지 건설을 반대하는 단체를 만들었거든요. 일단 문 좀 열어주세요. 얼굴 보고 대화를 해야죠. 같은 아파트 입주민인데 같이 의논 좀 하자고요."

낮에 봤던 반투위 사람들인 것 같았다. 은영은 문을 열어줄까? 잠깐 고민했다.

"저기요. 제 말 듣고 있죠?"

그들은 다시 현관문을 쾅쾅 두드렸다.

일단은 반투위 사람들을 보내야겠다. 은영은 반투위에 가입할 생각이 없었다. 집을 팔고 여기를 떠나고 싶은 생각뿐이었다. 여기 남아서 투쟁을 하고 지역을 지키고 그래서 크게 보면 은영의 집까지 지키는 그런 삶을 살고 싶은 생각은 추호도 없었다.

"지금은 바빠서 못 나가요. 그만 가주세요."

그렇게 말하고 은영은 침대에 누워서 이불을 뒤집어썼다. 베개로 귀를 틀어막고 있어서 밖에서 뭐라는데 제대로 들리지 않았다. 여자들은 질기게 오래 있다가 돌아갔다.

대청소를 했다. 낮에 내려받았다가 지운 부동산 직거래 앱을 다시 내려받았다. 집을 매물로 올릴 생각이었다. 가격을 후려치면 팔릴 수도 있지 않을까. 은영은 팔리든 안 팔리든 일단 할 수 있는 일을 다 해보기로 마음먹었다. 청소기를 돌리고 걸레질을 꼼꼼히 했다. 욕실 청소를 하고 마른걸레로 물기를 싹 닦았다. 화초에 물을 주고, 창문을 닦고, 쿠션을 보기 좋게 소파에 올려놓았다. 배수구 청소를 하고 구연산 수를 뿌린 다음에 뜨거운 물을 부었다. 사진에 보이지 않는 부분도 깨끗하게 청소했다. 잔뜩 모아 놓은 재활용 쓰레기가 눈에 거슬렸다. 오늘은 재활용을 버리는 날이 아니었다. 재활용 쓰레기를 세탁기에 넣고 숨겼다. 마지막으로 쓰레기통을 비웠다. 반밖에 차지 않은 십 리터 종량제 봉투와 음식물쓰레기 봉투를 들고 집 밖으로 나왔다.

밖에 정수가 서 있었다. 은영이 좋아하는 안개꽃 한 다발을 품에 안고서.

"안 들어오고 거기서 뭐 해?"

"들어가도 돼?"

들어가도 되느냐는 질문이 은영의 귀에 용서해 줄 거지, 로 들렸다. 정수는 매번 불같이 화르르 타올랐다가 시간이 지나면 잔재로 남기를 반복했다.

"아이스크림이 다 녹았어. 자기가 좋아하는 폴라포야."

문 밖에서 한참을 있었는지 아이스크림은 다 녹아 물이 되었다. 은영의 눈에는 정수의 꼼수가 다 보였다. 문 밖에서 반성하면서 오래 서 있었다는 것으로 이번에도 얼렁뚱땅 넘어가려는 수작이었다.

"내가 버리고 올게."

은영의 손에서 쓰레기봉투를 뺏어 들었다.

"여기 안개꽃 받아. 좋아하잖아."

은영이 안개꽃을 받아들자 정수는 쓰레기를 버리러 다시 밖으로 나갔다. 은영은 정수가 꼴 보기 싫었다. 도어록의 비번을 바꾸고 안전 바를 걸어 놓고 싶은 충동이 일었다. 눈에 안 보이면 보고 싶은데 같이 있으면 자꾸만 공격하게 되는 심리는 무엇일까. 어느 날은 정수가 너무 예뻐 보여서 어떤 행동을 해도 미워할 수 없는데, 어떤 날은 모든 불행의 원천이 정수인 것처럼 느껴져 보기 싫어졌다. 어젯밤에 같이 있어 줬더라면, 아침에 전화를 받기만 했어도, 낮에 전화는 아니더라도 문자 한 통쯤은 남겨줄 수도 있었을 텐데, 정수는 그걸 안 했다.

정수가 벗어 놓은 라이더 재킷이 눈에 들어왔다. 은영은 뭐에 홀린 듯이 라이더 재킷을 뒤져서 핸드폰을 꺼냈다. 은영은 정수의 핸드폰 패턴을 풀면서 시간 계산을 했다. 엘리베이터가 십 층까지 올라오는 데 시간이 얼마쯤 걸릴까. 일 층에서 승객이 타고 올라온다면, 몇 명이 탔는지, 몇 층까지 가는지에 따라 시간은 달라질 것이다. 경비실 옆에 있는 분리수거장까지 걸어가는 데 일 분, 쓰레기를 버리는 데 걸리는 시간은 일이 초면 될 것이기에 따로 시간을 뺄 필요가 없고, 아파트 입구까지 돌아오는 데 다시 일 분. 엘리베이터가 일 층에 있고 다른 승객 없이 정수 혼자라면 십 층까지 올라오는 데 이십 초면 충분할 것이다. 은영에게 주어진 시간은 짧으면 삼 분 길면 오 분이었다.

정수의 핸드폰을 뒤지는 건 오랜만이었다. 그를 의심해서 핸드폰을 몰래 들여다보는 건 아니다. 은영은 정수가 누구를 만나는지, 그들과는 무슨 이야기를 하고 사는지 궁금했다. 일단 정수의 핸드폰에 새롭게 저장된 사람을 찾아봤다. 별다른 사람은 없는 듯했다. 정수가 자주 연락하는 사람은 대학 동기들로 은영도 아는 사람들이었다. 오디션 정보를 공유하고, 술 약속을 잡고, 누군가의 뒷담화를 하고, 싸웠다 화해하기를 반복하는 메시지가 가득했다. 어젯밤도 그 친구 중 한 친구의 집에서 잠을 잤다. 정수가 외박할 때 자주 가는 친구 집이었다. 정수가 친구한테 먼저 메시지를 남겼다.

-오늘 너희 집 가도 돼?

-아까 집에 들어간다고 나간 거 아니었어?

-택시 타고 다시 나가는 길이야. 아직 거기야?

-왜? 은영이 누나랑 또 싸웠어? 이번엔 또 뭔 일이야?

-알 거 없고, 누구누구, 남았냐? 아까 걔들 아직 안 갔지?

-벌써 헤어졌지. 지금 시간이 몇 신데.

-헤어진 지 오래됐어? 다시 부르면 안 나올까? 나 오늘 망가지고 싶다.

-십 년 차 유부남이 왜 이럴까? 은영이 누나한테 잘해. 네가 편하게 연극 하는 거 다 누나 덕분이잖아.

-하지 마, 새끼야.

-쫑파티 때 누나 보고 완전 놀랐잖아. 그렇게 예뻤던 사람이 어떻게 한 번에 훅 가냐. 사실 우리 과 애 중에 누나 한 번씩 안 좋아해 본 사람 있냐? 누나 예쁜 건 본인만 몰랐지 뭐. 근데 그렇게 예뻤던 사람이 ~~

-흰머리도 있더라. 내년이면 누나 마흔이지?

-새끼야, 하지 말라고.

-뭘 하지 마.

-그만하라고. 누나 얘기 제발 그만해.

엘리베이터 문이 열리는 소리가 들리고, 정수가 도어록을 누르는 소리가 들렸다. 은영은 재빨리 핸드폰을 원래대로 주머니에 넣어놓았다. '걔들'이 누굴까? 은영은 궁금해서 숨이 잘 쉬어지지 않았다. 은영은 혼자 고민하고 괴로워할지언정 정수한테 걔들이 누구냐고 묻지 않을 것이다. 은영은 정수의 핸드폰을 보고 알게 된 사실에 대해서 철저히 함구했다. 남편의 핸드폰이나 뒤지는 수준 낮은 사람이라는 것을 들키고 싶지 않아서였다. 은영이 핸드폰을 뒤진다는 것을 정수가 눈치 채고 패턴을 바꾸기라도 한다면 은영은 미쳐 버릴지도 몰랐다.

정수가 친구와 주고받은 문자 속의 '걔들'은 도대체 누굴까. 혹시 여자는 아닐까. 정수가 좋아하는 사람이 생겼다고 고백을 하면 어쩌지. 이혼해 달라고 하면 이혼해 줘야 할까. 은영은 생기지도 않은 문제로 미리 속을 끓였다. 집 문제만으로도 머리가 터질 듯 복잡한데 거기다 정수 문제까지. 은영은 숨이 쉬어지질 않았다.

은영은 신체극을 하는 극단에서 오래 버티지 못했다. 학벌은 대학로에서도 중요한 인맥이 되고 있었다. 구십 년대 중반만 하더라도 비전공자가 절대다수여서 대학로에서 연극을 할 때 학력은 그다지 중요하지 않았다. 구십 년대 초반부터 붐을 타고 대학마다 연극영화과를 신설했다. 졸업생을 오 회 이상 배출하게 되는 이천 년대로 넘어오자 대학로는 출신 학교에 따라 배우들이 갈렸다. 대한민국의 전반적인 추세가 그렇듯 교수와 학교 선후배가 밀어 주고 당겨 주면서 자신들만의 리그를 만들어가고 있었다. 은영이 극단에 적응하지 못한 이유가 학력 때문만은 아니었다. 남들보다 월등히 연기를 잘했다면 살아남았을 것이다. 아무하고 잘 어울리고, 아무거나 잘 먹고, 아무 데서나 잘 자는 쾌활하고 밝으면서 무던한 성격이었다면 달라졌을지도 모른다. 은영도 그걸 모르는 바는 아니었다. 인정하기 힘들었을 뿐이다. 그래서 손쉽게 학교 핑계를 대고 극단을 그만두었다. 그렇게 은영은 인맥이 빵빵하다고 소문이 난 이 년제 대학의 연극과에 진학하게 되었다.

아마도 대학에 가지 않았다면 정수를 만나지 못했을 것이다. 은영과 정수는 캠퍼스 커플이었다. 정수는 준수한 외모와 뛰어난 춤 실력으로 교내의 인기남인 데 반해, 은영은 조용하고 내성적인 성격에 외모가 묻혀서 눈에 띄지 않는 존재였다. 게다가 두 사람은 나이 차이가 다섯 살이나 났다. 그때는 연상연하 커플이 전무했던 때라 두 사람은 교내에서 가장 눈에 띄는 커플이었다. 동기 중에도 정수가 은영을 사귀는 이유를 모르겠다며 뒤에서 말이 많은 걸 은영도 알고 있었다. 나 왜 좋아해? 은영은 몇 번이나 정수에게 물었었다. 그때마다 정수는 어깨를 으쓱하며 그냥, 이라고 말했다. 은영은 버려질지도 모른다는 막연한 불안감에 시달렸는데 연애 기간 내내 그랬다.

정수가 스물다섯, 은영이 서른이 되던 해에 혼인신고를 하고 같이 살게 되었다. 결혼식은 따로 하지 않았다. 이른 결혼을 한 이유에 대해서 말들이 많았다. 정수의 나이만 두고 보자면 어린 나이에 한 결혼이었다. 더구나 정수는 군필자도 아니었다. 은영이 부잣집 딸이라더라, 정수가 몸이 많이 아프다더라, 속도위반을 의심하는 사람들이 가장 많았다. 결혼하고 한동안은 출산예정일이 언제냐는 질문을 많이 받았다. 그들이 이른 결혼을 할 수밖에 없었던 이유는 집 때문이었다. 은영은 고시원에서 하루라도 빨리 나가고 싶었다. 정수는 대학에 입학하면서 집에서 독립했다. 대학에 다니는 이 년 동안은 기숙사 생활을 했다. 졸업하고는 친구 셋이서 반지하 월세방을 얻어서 같이 살았다. 정수와 친구들은 그 지역이 상습 침수구역인지 몰랐다. 비가 많이 온다 싶으면 집 안으로 물이 들어왔다. 집값이 싼 데는 다 이유가 있다. 신혼부부 전세대출을 받으려면 혼인신고를 꼭 해야 했다.

은영은 가만히 화장실에 들어갔다. 수납장에서 손톱깎이를 꺼내 손톱을 깎았다. 손톱을 너무 바짝 깎아서 손톱 밑의 선홍색 피부가 다 드러났다. 은영은 욕실 바닥에 주저앉아 양말을 벗고 발톱을 깎았다. 오른발 새끼발톱부터 깎았다. 탁탁, 발톱이 멀리 튀었다. 은영은 눈을 감고 발톱을 깎았다. 손톱깎이에 살점이 같이 잡혔다. 통증 때문에 순간 숨이 턱, 막혔다. 눈을 떠 보니 엄지발톱에서 피가 흐르고 있었다. 출혈량이 많았다. 기도를 막고 있던 이물질이라도 빠져나온 것처럼 숨쉬기가 편해졌다. 은영의 입에서 이제 살 것 같다는 탄식이 흘러나왔다.

"뭐해? 왜 안 나오는 거야?"

정수가 화장실 문을 두드렸다.

"볼일 봐. 좀 기다려."

정수는 욕실 앞에서 조용히 사라졌다. 은영은 생살이 떨어져 나간 부위에 휴지를 둘둘 말아 대고 지혈을 했다.

정수는 계속해서 은영의 눈치를 봤다. 은영의 화가 다 풀어지지 않은 것을 알기 때문이었다. 정수는 청소라도 대신 해주고 싶은데 집이 너무 깨끗했다.

"커피 마실래? 싫어? 그럼 우유 따뜻하게 데워줘?"

은영은 다 싫다고 했다. 은영은 집을 매물로 올려놓고 핸드폰만 들여다봤다. 정수는 은영의 옆에 앉아서 조용히 텔레비전을 봤다. 은영은 아무렇지 않은 척했지만 불안했다. 언제까지 정수를 속일 수 있을까. 정수가 눈치 채기 전에 집을 팔기나 할 수는 있을까.

채널을 이리저리 돌리며 은영의 눈치를 보던 정수가 어렵게 말을 꺼냈다.

"자기야, 혹시 돈 좀 있어?"

"돈은 왜?"

"사실은 홍은동 엄마가 입원하셨나 봐. 용돈 좀 보내드려야 할 것 같아. 십만 원이라도."

은영은 아픈데도 없이 왜 자꾸 입원하냐고 말하고 싶은 것을 참았다. 통장 잔액이 얼마나 남았는지 계산해 보았다. 삼백만 원이 조금 못 되는 돈이 남았다. 손가락만 빨고 살아도 한 달에 고정적으로 나가는 돈이 구십만 원이 넘었다. 대출 이자, 관리비, 보험, 통신비, 인터넷, 정수기, 각종 할부금까지. 당장 일을 구해야 하는데 은영은 일할 체력도 마음의 준비도 되어 있지 않았다. 지금 형편에 홍은동 엄마한테 십만 원을 드리는 건 무리였다.

"직접 찾아뵙고 와. 그게 도리지."

귤 한 바구니 사 들고 정수가 직접 다녀오면 될 일이었다.

"그것도 좋은 생각인데, 시간이 없어."

시아버지가 병실을 지키고 있는 모양이었다. 정수는 계모인 홍은동 엄마는 만나도 친아버지는 만나려 들지 않았다. 은영의 입장에서 두 분 다 껄끄러웠다. 재혼한 아내 눈치 보느라 친아들을 철저하게 외면하는 시아버지나, 겉으로는 인자한 어머니 흉내를 내며 정수를 위하는 척하지만 재산이 한 푼이라도 넘어갈까 봐 전전긍긍하는 시어머니의 이중적인 모습이 끔찍했다.

"내가 다녀올게."

잠깐 얼굴만 비치면 십만 원이 굳는다. 은영은 그 생각만 했다.

"자기야, 진짜 고마워. 나도 아버님께 잘할게. 전화도 더 자주 드리고."

정수는 지금도 아버지한테 참 잘했다. 은영보다 아버지한테 전화를 더 자주 드리는 건 물론이고, 소소하지만 마음이 담긴 내복이나 양말, 과일 같은 선물도 자주 보냈다. 정수가 은영의 품으로 파고들었다. 정수가 혀 짧은 소리를 냈다.

"자기야, 나 미워하지 말고, 예뻐해 주라."

이럴 때 보면 영락없이 아기다. 은영은 정수를 꼭 안아주었다. 사람의 체온보다 더 따뜻한 건 이 세상에 없었다. 은영은 마음이 풀어졌다. 이유도 없이 그냥 그렇게. 결혼해서 살아보니 부부라는 게 참 묘했다.

VIP 병실이라고 호텔 같지는 않았다. 병실이 널찍하고 개인 냉장고가 비치되어 있고 소파와 테이블이 놓여 있다는 점이 일반 병실과 달랐다. 좌변기와 세면대가 있는 화장실 옆에 샤워실이 따로 달려서 환자나 보호자가 언제나 씻을 수 있다는 점이 좋았다.

"좀 어떠세요?"

"기분이 너무 안 좋아. 머리도 좀 아프고."

홍은동 엄마는 건강염려증이 있어서 몸이 조금만 안 좋아도 병원에 가서 검사를 받았다. 그때마다 새로운 병명을 하나씩 얻었다. 자세히 들어보면 심각한 병은 아니었다. 나이가 들면 누구나 흔히 앓는 병들이었다.

은영은 귤 한 바구니와 단감 한 줄이 든 비닐봉지를 홍은동 엄마한테 내밀었다.

"귤이랑 단감이에요. 노지 귤은 아직 나올 때가 아니고 하우스 귤이에요. 귤은 하우스 귤이 더 맛있잖아요. 당도도 더 높고. 출출할 때 드세요."

홍은동 엄마는 귀찮다는 듯이 냉장고 쪽으로 팔을 휘둘렀다. 냉장고에 넣어 놓으라는 뜻인 것 같았다. 냉장고를 열었다. 수박, 참외, 망고 등 홍은동 엄마가 좋아하는 과일로 냉장고가 채워져 있었다. 냉장고만 보면 지금이 시월이 아니라 팔월 같았다.

"정수는?"

"바빠서 같이 못 왔어요."

"배우 한답시고 한량처럼 술이나 마시러 다니는 주제에 뭐가 바빠. 엄마가 이렇게 아픈데 얼굴 한 번을 안 비치냐, 그래."

시아버지의 목소리에서는 쇳소리가 심하게 났다. 정수의 말에 의하면 원래 허스키한 목소리였는데 신림동 엄마와 정수한테 하도 소리를 질러서 목소리가 더 변해 버렸다고 한다. 시아버지는 신림동 엄마한테는 무차별적으로 주먹을 휘둘렀으면서 홍은동 엄마한테는 큰소리 한 번 내본 적이 없다고 한다. 홍은동 엄마와 그녀가 낳은 두 아들을 금덩이라도 되는 것처럼 귀하게 여기는 시아버지의 얼굴에서 과거 폭력 남편의 그늘은 완전히 사라지고 없었다.

VIP 병실이라 의자도 많은데 은영에게 앉으라고 권하는 사람이 없었다. 은영은 벌을 서는 사람처럼 병실 한쪽에 서 있었다. 시아버지는 소파에 앉아서 신문을 읽고, 홍은동 엄마는 텔레비전 리모컨으로 채널을 이리저리 옮겼다. 간병인은 자신의 자리에 앉아서 망고를 깎고 있었다. 은영한테 말을 거는 사람이 없었다. 시부모가 돌아가라고 먼저 말을 해주지 않는 이상 계속 서 있을 수밖에 없었다. 은영은 화장실이 가고 싶었다. VIP 병실에 딸린 화장실을 쓸 순 없었다. 홍은동 엄마가 싫어할 게 뻔했다. 은영은 화장실을 참았다. 삼십 분만 더 버텨보자는 생각이었다. 간병인이 망고를 예쁘게 깎아서 홍은동 엄마한테 접시째 건넸다. 홍은동 엄마는 은영한테 먹어 보라는 말 한마디 없이 혼자 망고를 집어먹었다. 텔레비전을 보면서 킥킥 웃기도 했다. 은영은 없는 사람으로 치고 시아버지와 홍은동 엄마는 일상적인 대화를 나누었다. 은영은 냉장고에 선물로 들어온 음료수가 잔뜩 들어있는 것을 봤다. 한 병 꺼내 마셨으면 싶었다. 은영은 목이 말라 마른침을 자꾸만 삼켰다. 화장실이 가고 싶었다.

홍은동 엄마가 갑자기 물었다.

"너희 집 샀다며? 잘 됐구나. 없다 없다 해도 다 산다니까. 요즘 같은 세상에 자기 집 한 채 있으면 됐지, 뭘 더 바래."

질문은 은영에게 해놓고 홍은동 엄마는 시아버지의 뒤통수만 쳐다보았다. 혹시 남편이 전처가 낳은 장남이 집을 사는데 돈을 보태주진 않았는지 의심하는 눈초리였다.

"다 대출이에요. 삼십오 년 동안 갚아야 해요."

은영의 말이 홍은동 엄마의 귀에 들리지 않는 듯했다. 홍은동 엄마는 그 말을 끝으로 다시 텔레비전에 집중했다. 전화가 왔다.

주머니에 넣어둔 핸드폰이 진동해서 봤더니 아버지였다. 은영은 홍은동 엄마한테 전화 좀 받고 오겠다고 했다. 홍은동 엄마는 은영의 말을 못 들었는지 대꾸가 없다. 은영은 조용히 병실을 나가 전화를 받았다.

"박 서방이랑 잘들 지내니? 사돈들 다 안녕하시고? 아픈 덴 없으시지?"

은영은 아버지한테 이자를 보낼 날짜가 지났나 계산해 보았는데 아직 멀었다. 아버지는 전화를 자주 하는 성격은 아니었다. 할 말이 있을 때만 전화를 하는 사람이었다. 그런데 최근 들어 좀 달라졌다. 사소한 일이 생길 때마다 은영에게 전화를 걸어 의견을 물었다. 시금치를 한 단 샀는데 무쳐 먹을 것인가 아니면 국 끓여 먹을 것인가를 묻는 식이었다. 전에 없이 술에 취해서 전화하기도 했다.

"아버지, 무슨 일 있으세요?"

"그런 건 아니고."

아버지는 말을 아꼈다. 은영은 아버지가 편하게 말할 때까지 기다렸다.

"네가 아들이었으면 더 좋았을 것을."

"왜 그러시는데요?"

"오줌이 잘 안 나온다."

은영은 비뇨기과에 가보는 게 좋겠다고 했다.

"이만한 증상 가지고 뭘 병원까지 가냐. 없는 병도 만들어내는 데가 병원이야. 환자의 불안을 부추겨야 돈벌이가 되거든."

아버지는 지방으로 내려간 후로 직장 건강검진이 아니고서는 병원에 간 적이 거의 없다시피 했다. 병원 공포증이라도 생긴 것처럼 병원을 멀리한 것이다. 아버지가 생각하는 병원 치료가 필요한 증상은 뼈가 부러지거나 피부가 찢어지는 상처에 한했다.

"증상이 가벼울 때 미리 치료받으세요. 병 키우지 마시고요. 혹시 병원비 없으세요?"

은영은 나이 든 남자들이 대부분 그렇듯 전립선에 문제가 있을 것이라 예상했다.

"됐어. 병원 갈 일은 아니야. 내 몸은 내가 알아. 화장실을 들락거린다고 잠을 설쳐서 회사에서 일에 집중을 못 하는 게 문제지."

환경미화원으로 정년퇴직을 한 아버지는 지금은 수제 어묵을 만드는 공장에서 잡역부로 일하고 있었다. 그렇게라도 일할 수 있는 것을 아버지도 은영도 감사하게 여겼다.

"바쁜데 그만 끊으마. 걱정할 거 없어. 오줌이 잘 안 나오는 것뿐이니까. 박 서방한테는 비밀이야."

아버지는 수줍은 듯 말하고는 전화를 끊었다.

은영은 화장실에 들렀다가 다시 병실에 갔다. 시아버지가 홍은 동 엄마의 어깨를 주물러 주고 있었다. 두 사람은 은영을 보고도 별말이 없었다. 그만 가도 좋다고 말해주면 좋을 텐데, 은영은 그렇게 벌을 서듯 병실 한편에 서 있다가 오후가 되어서야 병실을 나올 수 있었다.

병원에서 돌아오는 길에 부동산에 들렀다. 은영이 아파트를 살 수 있도록 중개를 해준 부동산이었다. 출입문을 열고 들어오는 은영을 본 사장의 얼굴이 구겨졌다.

"왜 또요?"

사장은 대번에 시비조 말투가 튀어나왔다.

"잠깐만 앉으세요. 할 말이 있어서 왔어요."

"사기니 거짓말이니 헛소리할 거면 그냥 나가요."

부동산에 전화가 왔다. 여직원이 전화를 받았다. 아파트 시세를 묻는 전화인 듯했다. 여직원은 시세는 아무도 모른다고 대답했다.

"할 말 있으면 빨리 해요. 우리도 부동산 매물로 내놨어요. 당장 정리하고 뜨고 싶은데, 집이며 상가가 묶여 있어서 이러지도 저러지도 못하고 있는 거예요."

"사장님, 저희 집 좀 팔아 주세요."

"답답하시네. 거래가 없잖아요. 다 아시면서. 새댁이 집을 사던 육 개월 전이랑은 분위기가 완전히 달라졌어요."

은영은 밤새 직거래 앱을 돌아다니면서 정보를 수집했다. 그러다 알게 된 것이 중개수수료를 많이 준다고 하면 부동산에서 무조건 팔아주게 되어 있다는 리뷰를 읽게 되었다.

"사장님이 원하는 대로 수수료 줄 테니까 우리 집 좀 팔아주세요. 제 목숨이 달린 문제예요."

사장은 잠시 생각을 해보더니 신중히 말했다.

"살 사람이야 찾아보면 있겠죠."

"진짜요? 당장 팔아주세요."

"지금 시세가 좀 떨어졌는데, 괜찮겠어요?"

"얼마나요?"

사장은 입맛을 다시다가 은밀히 속삭였다.

"삼천이 빠졌어요. 그때 산 가격에서. 새댁이 힘들어 보이니까 내가 이천오백 손해 보는 선에서 다리를 한 번 놔줘 봐요?"

은영은 머리가 하얗게 되었다. 이천오백이나 손해를 보고 팔면, 세금, 이사 비용 등을 합하면 삼천만 원을 앉아서 손해를 봐야 하는 거였다. 삼천만 원을 모으려면 몇 년을 저축해야 할까. 은영은 아파트 매매를 포기하고 후들거리는 몸을 이끌고 부동산을 나왔다.

돼지우리

아파트 입구에서 전단을 돌리고 다니는 여자들을 만났다. 교회에서 포교를 나온 분들과 유사했지만 반투위 회원들이었다. 부녀회장이 은영에게 전단을 한 장 내밀었다.

"반투위에 가입해 주세요. 매립지 전면 백지화 만들어내겠습니다."

은영은 마지못해 전단을 받아 들었다. 말투가 선거 운동원 같았다. 부녀회장이 물었다.

"자가예요, 전세예요?"

"네?"

"집 말이에요."

"자가요."

"무조건 가입해야겠네요."

부녀회장이 은영에게 가입신청서를 내밀었다. 은영은 가입신청서를 받아 들고 멍하니 서 있었다.

"어서요."

"여기서요?"

부녀회장이 고개를 끄덕였다. 은영은 가입을 망설였다.

"벽에 대고 쓰면 편해요. 가입비는 삼만 원이고요, 여기서 현금으로 바로 주셔도 되고 계좌이체도 가능해요. 저희는 현금으로 주는 게 더 좋긴 해요. 그리고 형편에 맞게 성의를 더 보이는 분들이 많으세요. 오만 원, 십만 원 이렇게요. 꼭 더 내야 하는 건 아니니까 부담은 갖지 마세요. 현수막 만들고 촛불문화제 준비하는데도 돈이 많이 들어요. 움직이면 다 돈이잖아요. 이해하시죠?"

은영은 부녀회장의 말을 이해하지 못했지만, 고개는 끄덕여주었다.

"안 쓰고 뭐하고 계세요? 빨리 좀 써주세요."

은영은 서류를 부녀회장의 손에 돌려주었다.

"다음에 가입할게요. 지금 급한 일이 있어서요."

은영은 누가 쫓아오기라도 하는 것처럼 꽁무니를 뺐다. 여자들이 은영을 부르는 소리가 크게 들렸다. 은영은 뒤돌아보지 않았다.

아침에 눈을 뜨면 직거래 앱에 들어가서 매물 현황을 먼저 확인했다. 실거래가 사이트에 들어가서 지난달에 거래된 부동산이 있는지 확인했다. 어느 부동산에서 거래가 성사되었는지는 모르지만, 지난달에도 열 건 가까운 거래가 이뤄졌다. 생각했던 것보다 실거래가가 낮아서 은영은 실망했다. 그 가격에 집을 팔아 아버지에게 빌린 돈과 대출금을 갚고 나면 은영의 손에는 아무것도 남는 게 없었다. 아니, 빚이 남았다.

은영은 기운을 차리고 밥을 짓고 청소를 했다. 오전 열 시쯤 해서 한 시간 거리의 산책로를 빠른 걸음으로 걷다 왔다. 오는 길에 돌더라도 부동산 앞을 지나쳐왔다. 시세표는 여전히 붙어 있지 않았다. 사장의 안색을 살피고 전체적인 분위기를 파악하려 했다. 가끔은 부동산에 들러 집 보러 오는 손님이 있냐고 물었다. 사장들은 힘들다는 푸념을 늘어놓았다. 특이 사항은 없어 보였다. 당장 무슨 일이라도 벌일 것처럼 흥분으로 들끓던 반투위 임원들은 숨을 고르듯 소강상태였다. 소송 준비 중이라는 소문도 있었고 대규모 집회를 계획 중이라는 소문도 있었다.

오후에는 직장을 알아보러 다녔다. 당장 생활비가 없었다. 벼룩시장에는 좋은 일자리가 없었다. 홀서빙을 구하는데 사십 대 이하라는 조건이 붙어 있었다. 내년이면 서빙 일도 구하기 어렵게 된다는 뜻이었다. 요양보호사를 구하는 병원이 많았다. 은영은 잠시 고민하다 포기한다. 삼교대 근무를 할 자신이 없었다. 더구나 요양보호사 자격증도 없었다. 요양보호사 자격증을 따는 건 어렵지 않지만 당장 비용이 없었다. 은영은 없는 게 뭐가 이렇게 많은가 하고 자신에게 물어보았다. 어린이집 교사는 무조건 패스하고 말았다. 원생을 학대해서 뉴스에 나오는 보육교사를 볼 때마다 은영은 혼자서 안도의 한숨을 쉬어야 했다. 하루 열 시간 가까이, 적으면 열 명에서 많으면 열다섯 명 이상 되는 어린아이들을 돌보면서 언제나 친절하고 언제나 공정하고 언제나 훌륭한 교사가 될 자신이 없었다. 그런 자신이 유아교육을 전공했었다는 게 부끄러웠다. 아파트 상가 보습학원은 졸업장이 없으면 취업이 어렵다고 했다. 공부방은 은영보다 어린 선생을 찾고 있었다.

오랜만에 시장을 봐서 요리했다. 정수가 일찍 들어온다고 했기 때문이다. 돼지고기와 감자를 듬뿍 넣은 카레가 오늘의 메뉴였다. 카레는 은영이 자신 있게 만들 수 있는 음식인 동시에 정수가 좋아하는 음식이었다. 은영은 카레를 끓여 놓고 채소를 씻었다. 들나물에서 물을 빼는 동안 발사믹 식초를 넣은 드레싱을 만들었다. 양배추를 채 써는데 칼이 안 들었다.

서랍에서 칼갈이를 꺼내려다가 손바닥을 펼쳐보았다. 칼자국

이 가로로 길게 나 있었다. 깊은 상처는 아니었다. 피부 표면이 살짝 베인 상처였다. 극한의 고통에 몰릴 때면 은영은 그렇게 자신의 몸에 상처를 내며 견뎌냈다. 그렇게 해서 생긴 상처로 그녀의 손바닥은 빗살무늬 토기의 표면같이 변해 버렸다. 오늘도 참지 못하고 손바닥에 대고 칼을 갈았다. 붉은 핏방울이 꽃잎처럼 점점이 바닥으로 낙하했다. 다시 시작된 자해를 은영은 혼자 힘으로 도저히 멈출 수가 없었다.

정수는 한껏 상기된 얼굴로 집에 들어왔다. 좋은 일 있어요, 라고 온몸이 말을 하고 있었다. 정수가 은영에게 와인 병을 내밀었다.

"축하할 일이 있어서."

"뭔데? 밀린 출연료 받았어?"

"그것보다 더 좋은 일."

정수가 영화에 출연하게 되었다. 지난번 회식 자리에서 만난 대표가 강력하게 밀어서 캐스팅이 된 것이다. 감독이 갑자기 틀지만 않는다면 영화 출연은 확정된 것이나 다름없었다. 그동안 단편영화만 찍었던 작은 영화사였다. 장편영화는 이번이 처음이었다. 그만큼 기대도 컸고 그 무게만큼 걱정도 많았다. 대표는 이

번 영화에 거는 기대가 컸다. 열악한 환경이지만 최선을 다해 지원해 주겠다고 장담했다. 은영은 자신이 영화에 출연하는 것보다 더 기뻤다. 지금은 잊고 살지만, 은영의 꿈도 영화배우였다. 은영은 정수라면 좀 더 일찍 기회가 찾아올 것이라 믿었었다. 그래서 자신의 꿈을 포기하고 정수의 뒷바라지를 했던 것이다. 삼십 대 중반, 이렇게 오래 걸리리라고는 상상을 못 했다.

"큰 역은 아니야. 여주인공 첫사랑."

"그게 어디야. 정말 잘 됐다. 축하해."

은영은 마음을 다해 정수를 축하해 주었다. 진작 알았다면 카레처럼 평범한 음식 말고 스테이크라도 구웠을 텐데. 스테이크는 요리에 재능이 없는 은영이 두 번째로 잘 만드는 음식이었다.

오늘만큼은 생활비 생각하지 말고 외식을 하자고 은영이 제안했다. 정수가 외식은 다음에 하고 오늘은 그냥 집에서 카레를 먹겠다고 했다.

"왜?"

"지금 안 먹으면 냉장고 들어갈 거잖아. 그럼 카레 맛없어."

그러고 보니 것도 맞는 말이었다.

"손이 왜 그래?"

뒤늦게 은영의 손에 감긴 붕대를 본 정수가 화들짝 놀랐다.

"별거 아니야. 카레 만들다가 베었어."

"카레를 만드는데 거길 다칠 일이 뭐야. 속상하게. 이리 보여줘. 약은 발랐어?"

정수는 다정한 축에 드는 남자였다. 은영은 붕대를 감은 손을 등 뒤에 감추었다.

"약 발랐어. 붕대 풀면 다시 감기 힘들어. 괜찮아."

정수는 뭔가를 아는 듯도 하고 아무것도 모르는 듯도 했다. 십 년을 살고도 은영이 스트레스를 과하게 받으면 자해를 한다는 것을 모른다면 무신경한 사람이고, 알고도 모른 척한다면 냉정한 사람이었다. 은영은 불안한 눈빛으로 정수를 쳐다봤다. 정수는 자신의 감정에 취해서 은영의 감정을 읽지 못했다. 은영은 그 편이 더 좋았다. 정수가 꼬치꼬치 캐고 들었다면 그게 더 피곤했을 것이다.

오랜만에 축하 파티였다. 은영은 기분이 좋았다. 그래서 살짝 과음했다. 실실 웃음이 멈춰지지 않았다. 상처 부위가 욱신거렸지만, 술기운 때문인지 크게 아프지는 않았다. 정수는 성공이 얼마 남지 않았다고 큰소리를 쳤다. 영화에 출연만 하면 충무로에 신스틸러가 될 것이라 믿고 있었다.

와인은 진작 다 마셨고 냉장고에 있던 맥주마저 동이 났다. 은영은 좀 더 마시고 싶었다. 한창 흥이 올라서 여기서 멈추고 싶지 않았다. 이렇게 풀어져서 술을 마셨던 때가 언젠지 기억나지도 않았다. 정수도 은영과 비슷한 마음이었다. 두 사람은 맥주를 마시러 나가기로 했다. 실내복 위에 외투만 걸치고 집을 나왔다. 은영은 엘리베이터 거울을 보고 립스틱을 발랐다. 작년 생일 때 정수가 선물한 립스틱이었다.

전을 파는 집에 갈까, 꼬치를 파는 집에 갈까 고민하다가 치킨을 파는 술집에 들어갔다. 생맥주 두 잔과 후라이드 치킨을 시켰다. 은영은 여전히 실실 웃고 있었다. 정수는 맥주가 싱겁다고 소주를 시켰다. 은영은 정수가 먹다 남긴 생맥주를 마저 마셨다. 술이 술술 넘어갔다.

정수가 뜬금없이 울음을 터트렸다. 결혼 후, 은영을 고생만 시킨 것이 미안한 모양이었다.

"앞으로 내가 진짜 잘할게."

은영은 깔깔거리며 웃었다. 그만 웃고 싶었는데 웃음이 멈추질 않았다.

"취했어? 너 취하면 울잖아."

정수는 아니라고 했다. 절대 취하지 않았다고. 은영은 취하면 웃었고 정수는 취하면 울었다. 두 사람이 한 테이블에 앉아서 한 사람은 울고 또 한 사람은 웃는 이상한 그림이 연출되었다.

자정이 다 되어 계산을 마치고 가게를 나왔다. 은영이 아이스 크림이 먹고 싶다고 했다. 아이스크림을 먹기에는 쌀쌀한 날씨 였지만 은영은 속이 답답해서 아이스크림을 먹어야겠다고 했다. 파라솔이 있는 편의점에 갔다. 아이스크림을 한 개 사서 파라솔 에 앉아서 나눠 먹었다. 시원한 게 들어가자 술이 좀 깨는 듯도 했다. 은영이 갑자기 토하고 싶다고 했다. 정수가 은영을 데리고 뒷골목을 찾아 들어갔다. 은영은 가로등 불빛이 비치지 않는 어 두운 뒷골목에 쭈그리고 앉아 구토했다. 은영의 등을 두드리던 정수도 급하게 몸을 틀더니 구토를 했다. 은영은 구토하느라 힘 을 쓰다가 맺힌 눈물을 소매로 닦았다. 은영은 정수가 자신에게 그랬던 것처럼 똑같이 정수의 등을 두드려줬다. 은영이 혀 꼬부 라지는 목소리로 말했다.

"괜찮아? 우리 너무 마신 거 같아."

정수도 은영의 말에 동의했다.

"눕고 싶어."

"나도. 빨리 집에 가자."

두 사람은 편의점에서 생수를 한 병 사서 입 안을 헹궈 내고 나머지 물은 나눠 마셨다.

여자의 날카로운 비명이 들려온 것은 그때였다. 머리를 산발하고 입술이 터진 여자가 미친 듯이 비명을 지르며 편의점을 향해 뛰어왔다. 식칼을 든 남자가 여자의 뒤를 쫓아왔다. 은영은 술이 확 깨는 것 같았다. 정수는 은영을 자신의 등 뒤에 숨겼다. 편의점 출입구를 향해 여자가 손을 뻗었다. 은영과 정수는 침을 꿀꺽 삼켰다. 여자가 무사히 편의점에 숨을 수 있기를 기대했다. 편의점 출입구 문을 밀고 들어가는 여자의 머리채를 남자가 낚아챘다. 남자는 여자의 머리채를 이리저리 돌리다가 패대기를 쳤다. 여자는 고통스러운지 바닥에서 일어나지 못했다. 남자가 식칼을 여자한테 겨누더니 죽여 버리겠다고 엄포를 놓았다. 은영은 술이 완전히 깨는 것 같았다. 심장이 빠르게 뛰었다. 그런데 남자가 들고 있는 건 식칼이 아니었다. 십 센티가 넘지 않을 과도였다.

편의점의 아르바이트생이 은영과 정수를 불렀다. 편의점 안으로 대피를 하라는 신호를 보내고 있었다. 은영은 정수의 손에 이끌려 편의점 안으로 들어갔다. 은영과 정수가 편의점 안으로 들어오자 아르바이트생이 문을 안에서 잠갔다. 은영은 술기운에 평소보다 대담해졌다.

"문을 잠그면 어떡해요. 여자분이 들어올 수도 있는데."

은영이 아르바이트생한테 따졌다.

"사장님이 문 잠그고 있으라고 했어요. 저번에 남자분이 여자분 따라서 편의점 안에 들어와서는 여기를 죄다 부숴놨었어요."

정수가 물었다.

"저 사람들 오늘 처음 저런 거 아니에요?"

발음이 좀 꼬이긴 했지만, 정수도 정신은 괜찮은 듯했다.

"자주 저래요. 그래도 아저씨가 아줌마를 찌르거나 그러지는 않아요. 저도 처음에는 무서웠는데 자주 보다 보니까 지금은 괜찮아요. 편의점 물건 부술까 봐 그게 더 걱정이에요."

아르바이트생은 이웃집 불구경하듯 했지만 그런 광경을 본 적 없는 은영은 충격을 크게 받았다. 바닥에 쓰러져 움직이지 못하던 여자가 정신이 들었는지 몸을 일으켜 세우려고 했다. 남자는 그런 여자의 아랫배를 냅다 걷어찼다.

"어떡해? 자기가 좀 어떻게 해봐. 저러다 큰일 나겠어."

은영은 발을 동동 굴렀다.

"신고는요? 했어요?"

정수의 질문에 아르바이트생이 고개를 끄덕였다.

"경찰들 오는 데 시간 걸려요."

여자의 등을 가볍게 치면서 남자가 뭐라고 협박을 하는 듯했다. 여자는 꼼짝을 못했다. 멀리서 경찰차의 경광등이 번쩍거리는 게 보였다. 남자가 갑자기 흥분했다. 여자의 멱살을 잡아 흔들며 소리를 질렀다.

"네가 내 손에서 벗어날 수 있을 거 같아. 경찰이 널 도와줄 거 같냐고. 죽자! 오늘 같이 여기서 죽어."

남자가 과도를 높이 들었다.

은영이 편의점을 뛰쳐나간 것은 그때였다. 그 전에도 그리고 그 이후로도 그처럼 무모한 행동을 한 적이 없었다. 은영은 술기운 때문에 그랬다고 말했지만, 사실은 남자의 폭력성이 은영의 내면에 잠재하고 있던 어떤 감정을 건드렸기 때문이었다. 은영은 남자의 과도를 맨손으로 잡았다. 붕대를 두툼하게 감고 있어서 상처를 입지는 않았다. 은영과 남자가 실랑이하는 동안 겨우 바닥에서 일어난 여자가 파라솔 대를 뽑아 들더니 남자를 후려치기 시작했다. 은영은 남자가 여자에게 했던 것처럼 똑같이 발길질했다. 정수가 은영을 말려 보았지만 소용없었다. 경찰은 여자둘이서 남자 하나를 폭행하는 장면만 봤다.

남자는 구급차에 실려 병원으로 가고 여자와 은영은 파출소로 연행되었다. 정수도 경찰차를 타려고 했는데 경찰들이 남편분은 따로 오라고 말하고는 그대로 출발해 버렸다.

오가는 택시가 없었다. 카카오 택시를 부르려고 해도 시외 장거리가 아니면 부를 수 없었다. 정수는 대중교통이 끊기는 새벽에 서울에서 택시를 잡아타고 집까지 온 적은 있었지만 도시 안에서 택시를 탄 적은 없었다. 그래서 손바닥만 한 베드타운 내를 이동하는 택시가 없다는 사실도 알지 못했다. 걸어서 파출소까지 가야 했지만, 정수는 파출소가 어디에 있는지 몰랐다. 구글 지도를 보고 파출소를 찾아가려고 했는데 지금 자기가 서 있는 곳이 어딘지도 못 찾았다. 정수는 스마트폰 지도 앱을 켜고 무작정 걸었다.

은영은 폭행으로 고소를 당했다. 피의자 조사를 갔다가 고소를 한 남자와 합의를 보는 게 좋을 거라는 경찰의 조언을 듣고 집으로 왔다.

폭력 사건으로 부부싸움을 크게 하고 정수와는 냉각기를 보내는 중이었다. 은영은 정수가 화날 만도 하다고 생각했다. 만약 정수가 은영처럼 행동했더라면 은영은 정수보다 더 화를 냈을 것이다. 남의 일에는 끼지 않는 게 최선이라고 생각하고 살아왔던 은영이었다. 그날 왜 그런 행동을 했는지 도통 알 수 없었다. 은영은 생각하고 또 생각했다. 아무리 생각해도 자신이 그렇게 행동한 이유를 찾을 수 없었다.

며칠 후 다시 경찰서에 가서 경찰조사를 받고 나오는데 여자가 밖에서 은영을 기다리고 있었다. 여자가 밥을 대접하고 싶다고 했다. 은영은 차를 마시는 게 나을 것 같았다. 사실 차조차도 마시기 껄끄러운 상대였다. 은영은 여자를 아는 사람이라고 말하기도, 모르는 사람이라고 말하기도 애매했다. 그런 사람과 한 공간에서 뭔가를 먹는다는 건 굉장히 에너지 소모가 많은 일이었다. 하지만 고소 문제를 해결하려면 싫어도 차는 마셔야 했다.

여자는 아메리카노를 시켰고 은영은 딸기 생과일주스를 시켰다. 여자가 주문한 음료를 받아왔다. 어느새 딸기가 나올 철이 되었다. 요즘 딸기 철은 오월이 아닌 십일월이었다. 십일월은 은영의 생일이 있는 달이기도 했다.

여자가 간단하게 자기소개를 했다.

"정다은이에요. 파리바게뜨 삼층에서 체육관을 운영하고 있어요."

은영은 여자를 다시 봤다.

"에어로빅 가르치는 곳이요?"

"맞아요. 한은영 씨죠?"

은영은 여자를 전혀 알아보지 못했다. 여자가 에어로빅 관장이라는 이야기를 들은 후에도 기억이 나지 않았다. 기억 속에 파편으로 남아 있는 관장은 꽉 끼는 핫팬츠에 소매 없는 형광 티를 입고 있었다. 지금 앞에 앉은 여자는 베이지색 트렌치코트에 검은색 슬랙스를 입고 있었다. 관장과 여자의 가장 큰 차이점은 머리 모양이었다. 정확하게 기억나지는 않지만, 관장은 짧은 헤어스타일이었다. 관장과 여자, 두 사람은 전혀 매치가 되지 않았다.

한 가닥으로 묶은 흑갈색 머리를 쓸어내리며 여자가 말했다

"머리 때문에 못 알아봤을 거예요. 체육관에서는 가발을 쓰거든요."

이제 생각이 났다. 빨갛게 염색한 쇼트커트 가발을 쓴 관장의 얼굴은 빨갛게 졸인 코다리를 닮았었다. 은영은 참지 못하고 쿡쿡 소리 내어 웃고 말았다.

"은영 씨, 진짜 고마워요. 가족도 경찰도 해주지 못한 걸 은영 씨가 해준 거예요. 은영 씨의 행동을 보고 저도 힘을 낼 수 있었던 것 같아요. 그 인간만 나를 때릴 수 있는 게 아니라 나도 그

인간을 때릴 수 있다는 걸 깨달은 거죠. 생각해 보니 저는 이런 도움을 원하고 있었어요."

여자는 이제 남자의 폭력 앞에서 도망치지 않는다고 했다. 맞기를 두려워하지 않고 덤벼들었다. 남자가 폭력을 행사할 것 같으면 먼저 치기도 했다. 남자는 여전히 미친 황소 같았지만, 여자는 이제 남자가 두렵지 않았다.

"이빨 빠진 호랑이네요."

은영이 말했다. 여자가 갑자기 웃음을 터뜨렸다.

"진짜 이가 빠졌어요. 술에 취해서 잠든 다음 날이었어요. 아침에 일어나더니 이가 없다는 거예요. 진짜로 어금니 두 개가 감쪽같이 사라지고 없었어요. 그 인간이 지랄 지랄을 하더라고요. 사람을 얼마나 때렸기에 이가 다 빠지냐고."

"정말 때렸어요?"

"아뇨. 알고 보니 풍치더라고요."

"그럼 이는 어디 간 거예요."

"그건 모르죠. 호랑이가 물고 갔나."

은영과 여자는 서로를 보며 깔깔거리며 웃었다.

다은이 자리를 옮겨서 뭘 먹자고 제안하자, 은영이 좋다고 했다. 다은이 뭘 먹고 싶으냐고 물었다. 은영이 떡볶이는 어떠냐고 물었다. 다은이 좋다고 해서 두 사람은 떡볶이를 먹으러 갔다.

은영은 마음을 쉽게 여는 사람이 아니었다. 열지 않는다기보다는 여는 게 힘든 사람이라는 말이 더 맞았다. 내성적이고 속마음을 잘 표현하지 않는 편이었다. 그런 은영이 활동적인데다 하고 싶은 말을 못 하면 병이 나는 다은과 어떻게 가까워지게 됐는지 모르겠다. 다른 극의 자석처럼 서로서로 잡아당겼다고 할 수밖에 없을 것이다. 그것은 사랑에 빠지는 것과 유사했다. 정수를 만나고 가까워질 때도 그랬다. 얘기하는 게 즐겁고, 같이 시간을 보내고 싶고, 보고 또 봐도 보고 싶었다. 이유가 있어서 사람을 좋아하는 게 아니다. 사람이 좋으니까 좋아하는 이유를 찾는 것이다.

다은은 자신의 치부를 드러내기를 두려워하지 않았다. 그래서 은영에게 아주 사적인 부분까지 거리낌 없이 얘기해주었다. 다은의 인생은 신문 사회면의 집합체 같은 것이었다. 아버지는 없고 엄마한테 신체적, 정서적 학대를 당했다. 쌍둥이 남동생은 온전히 다은이 짊어지고 가야 할 짐이었다. 어려서부터 몸이 유연하고 흥이 많았던 다은은 무용수가 되는 꿈을 꾸었다. 엄마는 다은의 꿈을 무시하고 조롱했다. 돈 벌 생각이나 하라고 압박하기 일쑤였다. 고등학교에 다니면서도 아르바이트를 해야 했던 다은은 대학을 갈 엄두조차 내지 못했다. 고등학교를 졸업한 다은은 가족들의 실질적인 가장이 되었다.

"스물아홉 살 때 가출을 했거든. 독립이 아니야. 가출이지. 엄마가 내 몸에 기생하면서 피를 빠는 거대한 벌레처럼 느껴졌어. 이러고 가만히 있다가는 죽을 것 같더라고. 그렇게 집을 뛰쳐나와서 에어로빅 학원에 등록한 거야. 육 개월 동안 합숙소에서 먹고 자면서 악착같이 운동했어."

"현대무용 하고 싶었다면서요?"

"개뿔. 현대무용이 치킨집인 줄 알아? 아무나 하고 싶다고 되게. 이번 생에는 못하지. 에어로빅 선생질 하는데 학벌은 필요 없거든. 자격증만 있으면 돼. 그래서 시작한 거야."

엄마는 다은을 놓아주지 않았다. 어떻게 찾아냈는지 모르겠지만 합숙소로 찾아와서 울고 애원하고 잘못했다고 사정을 했다고한다.

"나 없이는 못 산다잖아. 그때는 그 말이 나를 못 보고는 못 산다는 말인 줄 알았어. 내가 없어지고 나서야 나의 소중함을 엄마가 알게 되었다고 착각한 거지."

엄마와 동생들에게 다은은 두드리면 돈이 나오는 현금지급기였다. 주민센터로 복지관으로 시간강사를 다니던 시절은 몸도 힘들었고 경제적으로도 힘들었다. 엄마는 다은이 힘들어하는 모습은 보지 않고 직장을 다닐 때보다 생활비를 적게 준다고 짜증을 부렸다. 동생들은 누나를 이기적이라고 비난했다. 대학 문턱도 밟아 보지 못하고 번 돈으로 학비를 대준 다은에게 동생들이 할 말은 아니었다.

"옛말 하나 틀린 거 없더라. 부모 복 없는 년은 남편 복도 없잖아."

얼마 사귀지도 않은 열 살이나 많은 이혼남과 결혼을 결심한 것도 엄마의 영향력에서 벗어나고 싶어서였다. 엄마한테서 다은을 지켜줄 거라 믿었던 남편은 또 다른 엄마가 되어 다은을 옭아맸다. 남편은 엄마와는 비교도 되지 않게 악랄하고 끔찍한 인간이었다. 다은이 빈껍데기만 남을 때까지 피를 빨았다. 다은은 엄마와 동생들을 찾았다. 엄마와 동생들은 방패막이가 되어 주지 못하고 오히려 혹이 되었다. 머리 위에는 남편, 양 어깨에는 동생들, 엄마는 등에 악착같이 매달려 있고, 그녀의 아픈 딸이 품 안에 있었다. 그 사람들을 다은 혼자 다 돌보고 있었다.

다은은 즉석 떡볶이를 먹으면서 이 모든 이야기를 다 했다.

"고소 취하시킬 테니 걱정하지 마. 그 인간 달래는 데는 돈이 최고야. 그날도 돈 안 준다고 그 지랄을 한 거잖아."

다은이 너무 아무렇지 않게 얘기를 하자 은영도 대수롭지 않은 일로 받아들였다.

"매립지 들어선다는데 알고 있었어?"

집 안으로 들어서던 정수가 특별한 감정 없이 물었다. 은영은 당황해서 얼굴이 벌게졌다. 정수가 전단을 내밀었다.

"오다가 받은 거야. 궁금하면 읽어 봐."

정수는 씻으러 욕실에 들어갔다. 요즘은 반투위에서 밤늦게까지 전단을 나눠주고 있는 모양이었다. 은영은 정수가 매립지 얘기를 듣고도 아무렇지 않은 게 의아했지만 다행이라 여겼다. 별일 아니라고 생각하면 또 별일이 아닌 것 같기도 했다. 지금은 매립지 공사를 중단한 상태고 주민들이 동의하지 않는 이상 공사가 강행될 것 같지도 않았다. 사실 이 일이 은영이 생각하는 것만큼 대단한 일이 아닐지도 몰랐다.

정수의 핸드폰이 소파에 놓여 있었다. 은영은 손에 들고 있는 전단과 정수의 핸드폰을 번갈아 가며 쳐다보았다.

"자기야."

정수가 욕실에서 고개를 빼고 은영을 불렀다. 은영은 화들짝 놀라 전단을 놓쳤다.

"뭘 그리 놀라. 너무 걱정하지 마. 별일 아닐 거야."

정수가 은영을 안심시켰다. 은영도 별일 아니라는 듯이 고개를 끄덕였다.

"핸드폰 좀 줘. 전화 올 데가 있어서."

정수는 핸드폰을 받아들고 욕실 문을 닫았다.

핸드폰을 들고 욕실에 들어갔던 기억이 은영도 있었다. 정수하고 사귀기로 하고 얼마 지나지 않았을 때였다. 샤워하다가 정수의 전화를 받지 못할까 불안해서였다. 요즘은 정수의 전화인 것을 확인하고 받지 않을 때가 있었다. 전화를 받지 않는 데 특별한 이유는 없었다. 그냥 귀찮을 때도 있었고 괜히 심술이 나서 그럴 때도 있었다. 정수가 건 전화를 못 받았을 때는 욕실에 있었다거나 자고 있었다고 거짓말을 했다.

"버스 타고 오다가도 매립지 얘기를 몇 번 들었거든. 그때마다 집에 와서 자기한테 말해주려고 했는데 잊어버렸어. 그렇게 큰일 같지도 않고. 배우 인생 한 방인 거 알지? 우리 여기 오래 안 살 거니까 너무 걱정하지 마."

은영은 걱정 안 한다고 대답했다. 정수의 머릿속에는 연기 말고는 정말 아무 생각이 없는 것 같았다. 아파트를 사느라 대출을 얼마나 받았는지, 만약 아파트값이 떨어졌을 때 가계에 얼마나 큰 타격이 될 것인지, 이런 생각 자체를 안 했다. 오로지 배우로 성공할 생각뿐이었다. 배우로서의 성공이 이 모든 난관의 유일한 해결 방법이라고 믿었다. 그래서 은영과 다툴 때마다 자신이 가정을 지키기 위해서 얼마나 열심히 일하는지 몰라주는 것에 대해 서운함을 표했다. 은영의 눈에 정수는 자신이 좋아하는 일을 신나게 하는 것으로 비쳤다. 생활을 책임져주는 사람만 있다면 은영도 다시 연기를 시작하고 싶었다.

정수는 더는 매립장 얘기를 하지 않았다. 대학로 정극의 장기 불황에 대해 오래 얘기했다. 뮤지컬에 관객과 인력을 다 뺏기고 위상마저 바닥에 떨어져 자존감이 무너진 상태라고 하소연했다. 정수는 영화에 비중을 더 맞출 거라고 했다. 그 이야기는 이미 십오 년 전부터 해오던 말이었다.

정수는 얼굴이 작고 두상이 예뻤다. 키는 백팔십삼 센티미터로 컸고 운동을 하지 않았는데 몸매가 좋았다. 오죽했으면 연극과 교수가 정수를 보고 너는 발성도 안 좋은 애가 영화과를 가지 왜 연극과에 왔냐고 물어볼 정도였다. 정수는 연기파 배우는 못됐다. 은영은 정수를 처음 봤을 때부터 알아봤다. 무대보다는 스크린에 더 맞는 배우라고. 정수도 은영과 같은 생각이었다. 무대에서 연기력을 쌓아서 영화배우로 성공하고 연극과 영화를 넘나들며 활동하는 배우가 되는 것. 대학로 모든 배우의 로망이었다. 정수에게 기회는 오지 않았다. 정수가 기회를 만들지도 못했다. 그렇게 어영부영 나이만 먹었다.

경찰서에 합의서를 제출하고 청평으로 드라이브를 갔다. 다은이 체육관 회원한테서 차를 빌려왔다. 두 시 타임에 운동하는 회원은 한 명이었는데 그 회원이 병원에 간다고 해서 가능한 드라이브였다. 세 시와 네 시 타임은 수강생이 한 명도 없었고 다섯 시 타임은 어린이 시범단 수업이 있었다. 세 시간이 비는 셈이었다.

아버지가 새로 뽑은 차는 소나타 쓰리였다. 외환위기가 있기 일 년 전의 일이었다. 새 차를 타고 에버랜드로 가족 나들이를 갔다. 용인자연농원에서 에버랜드로 이름을 바꾼 지 얼마 지나지 않았을 때였다. 갑자기 그날의 가족 나들이가 떠올랐다. 많이 웃었고 재밌었고 행복했다. 그날의 행복했던 기억을 잊고 살았다. 자주 떠올랐던 건 견인차가 아버지의 차를 끌고 가는 모습이었다. 차의 앞 유리창에 붙어 있던 빨간 딱지를 잊을 수 없었다. 은영의 과거가 불행했던 것만은 아니다. 행복하고 아름다웠던 순간도 있었다. 하지만 은영은 상실했거나 훼손된 기억만 품고 살았다.

다은이 북한강이 내려다보이는 주차장에 차를 세웠다.

"번지점프 안 해봤다고 했지. 오늘 해보자."

은영은 높은 곳이 무서웠다. 처음부터 그랬던 건 아니다. 어려서는 무서운 놀이기구도 잘 탔는데 최근 들어 베란다에서 밖을 내려다보는 것도 힘들었다.

"은영아, 무서워할 거 없어. 언니가 있잖아."

커플 번지점프를 하면 무섭지 않을 거라고 했다. 은영은 혼자서든 둘이서든 번지점프는 하고 싶지 않았다. 사람들이 번지점프를 하는 것을 보기만 해도 오금이 저렸다.

"오늘 번지점프를 하고 내일은 새로운 사람이 되는 거야. 남편을 위해서 희생하는 삶이 아닌 은영이 너 자신을 위한 진짜 인생을 사는 거야. 꿈을 찾는 거지."

다은은 자신이 하지 못하는 일을 은영에게 강요했다.

"지금 나도 그렇게 못 살면서 너에게 강요한다고 생각하는 거지. 맞아. 내가 그렇게 못 사니까 너라도 그렇게 살라는 거야."

은영은 번지점프를 뛸 생각이 전혀 없었다. 연기에 관한 생각도 마찬가지였다. 은영은 알고 있었다. 어디서든 한번 어긋나 방향이 바뀌면 되돌릴 수 없다는 것을 말이다. 다은도 번지점프는 처음이라고 했다. 그래서 무섭다고. 은영이 몫까지 해서 다은은 번지점프를 두 번 뛰었다. 두 번째 뛸 때는 전혀 무섭지 않고 재밌었다고 했다. 번지점프를 하고 근처 레스토랑에 가서 함박스테이크를 먹었다. 함박스테이크는 맛이 그저 그랬다. 은영은 고등학교를 졸업한 이유로 입에 맞는 함박스테이크를 아직 한 번도 먹어 보지 못했다.

번지점프를 뛰네 마네 실랑이를 하느라 시간을 뺏겨서 돌아갈 때는 과속을 해야 했다. 은영은 과속하는 자동차를 타는 것이 번지점프를 뛰는 것보다 재미있다고 말했다.

"넌 번지점프를 뛰어 본 적도 없잖아."

"안 뛰어도 알 수 있거든."

"그래, 너 잘났다. 이거 하나는 알아 둬. 번지점프를 하다가 죽을 확률보다 과속하는 차에 타고 있다가 죽을 확률이 더 높아."

다은은 속도를 더 높였다. 은영은 꺄악, 자신도 모르게 소리를 질렀다. 다은은 그날 수업에 십 분 늦었는데 칠 년 동안 체육관을 운영하면서 처음 있는 일이었다.

투자금 얘기를 듣는 순간 은영은 뭔가 잘못됐다는 걸 알았다. 영화에 출연할 배우한테 투자하라고 말을 한다는 게 이해가 안 갔다.

"투자 안 하면 배역 안 주겠대?"

"그건 아니야. 대표님이 우리 생각해서 하신 말씀이지. 연극배우들이 어려운 거 다 아시니까. 크라우드 펀딩 수익률이 팔 프로니까 높잖아. 시나리오가 너무 잘 나왔어. 개봉일만 잘 맞추면 천만 찍을 영화라니까. 우리 대표님 양아치 아니야."

삼천은커녕 통장에 삼백도 없었다. 여기저기 일자리를 찾는 중인데 마땅한 자리가 없었다. 정수는 은행 담보대출 얘기를 꺼냈다.

"은행에서 대출을 풀로 받아서 집을 샀는데 누가 그 집을 담보로 돈을 빌려줘?"

정수는 그 생각은 못 했는지 낭패한 얼굴이 되었다.

"어떡하지 자기야? 나도 투자하겠다고 했는데."

"뭘 어떡해? 못 하는 거지. 꼭 해야 하는 건 아니라며."

"그건 그렇지. 근데 기회가 아깝잖아. 은행 이자가 이 프로가 안 되는데 팔 프로를 준다니까. 사기나 그런 건 아니야. 절대. 그니까 민기 선배도 투자를 하지."

"민기 선배가? 그 짠돌이가 웬일이래."

은영이 빈틈을 보이자 정수는 적극적으로 나왔다.

"선배는 오천 한대."

"돈이 어디 있었어?"

"어머니가 노후 자금 빌려주시기로 했대."

은영의 아버지한테 뭔가를 바라는 듯한 말투였다. 아버지 노후 자금은 이미 아파트를 사는 데 들어가 있다는 것을 정수는 모르고 있었다.

"홍은동 엄마한테 말해 보지 그래. 삼천은 돈도 아닐 텐데. 자기 엄청나게 사랑하시잖아, 홍은동 엄마가."

은영은 괜히 혼자 울컥해서 심한 말을 하고 말았다. 홍은동 엄마는 정수를 입으로만 사랑했다. 홍은동 엄마의 시커먼 속을 제대로 보는 사람은 은영뿐이었다.

"안 돼. 돈은 아버지 통장에 다 들어가 있는 거 알잖아. 아버지가 나한테 돈을 빌려주시겠냐. 헛짓하고 돌아다닌다고 사람 취급도 안 하는데."

통장 명의가 시아버지 이름으로 되어 있는지는 모르겠지만 통장을 실질적으로 사용하는 사람이 홍은동 엄마라는 건 분명해 보였다. 무슨 이유인지는 모르지만, 정수는 홍은동 엄마 일이라면 무조건 편을 들고 봤다.

정수는 은행 대출을 받자고 했다. 대출 이자보다 수익률이 더 높으니 이득이라면서. 직장도 없으면서 무슨 수로 대출을 받겠다는 것인지 모르겠다. 비교적 대출이 손쉬운 제이 금융권은 이자가 두 자리 숫자였다. 수익률보다 대출 이자가 더 높다는 얘기였다.

평소 성격 같지 않게 정수는 끈질겼다.

"돈 빌려줄 만한 친구 없어?"

은영에게 정수가 모르는 친구 같은 건 없다. 대학 동기는 정수도 다 아는 친구들이었고, 대학로에서 같이 작업을 했던 배우들과는 연락이 끊어진 지 오래였다. 영업을 같이 뛰거나 사무실에서 잠깐씩 얼굴을 보는 학습지 교사를 지인이라고 할 수는 없을 것이다. 그나마 있던 연락처마저 학습지 교사를 그만두면서 삭제하는 바람에 돈 빌려달라는 말을 할 수 없다는 게 오히려 다행이었다.

"한 번 알아볼게."

은영은 정수가 모르는 친구가 어디 있기라도 한 것처럼 말했다.

"남자주인공 역할이 진짜 대박인데. 나도 나중에 그런 역 한번 하고 싶어."

"황정민이 한대?"

"계획 조정 중이래. 원래 황정민 배우님이 내후년까지 스케줄이 다 찼대. 근데 우리 시나리오가 너무 좋아서 하고 싶어 하나 봐. 같이 할 거야, 아마."

은영은 속으로 비웃었다. 독립 장편영화에 황정민 같은 대배우가 출연할 리가 없었다.

"어쨌든 지금 계약한 건 아니잖아."

"그건 그렇지. 자기야, 근데 여주인공은 결정됐어. 저번에 내가 말한 아이돌 출신 배우 있잖아, 걔가 하기로 했대."

'걔'라는 말이 은영의 귓속에서 커다랗게 메아리쳤다. 저번에 훔쳐본 문자 속의 걔를 말하는 것일까. 정수가 말한 아이돌 출신 배우는 말이 좋아 아이돌이었지 텔레비전에 몇 번 출연한 적도 없는 무명이었다. 정수의 핸드폰을 보고 싶은데 기회가 영 안 왔다. 요즘은 핸드폰을 손에서 놓지를 않았다. 영화사에서 오는 연락을 못 받을까 불안해서 그러는 것인데 은영은 그러는 정수가 이해가 안 갔다.

은영은 다은과 함께 시간을 보내는 것이 즐거웠다. 할 이야기가 자꾸 생겨서 전화 통화를 자주 하다 보니 백이십 분이나 되는 무료통화가 턱없이 부족했다. 다은을 만나기 전에는 무료통화를 쓸 일이 거의 없었다. 정수와는 문자로 연락을 했고 가끔 아버지한테 전화하는 게 전부였다. 요즘은 자해하는 빈도도 많이 줄었다. 은영은 몸에 손대는 일은 이제 그만 끝내고 싶었다. 진심이었다.

정수가 일찍 들어오지 않는 날 저녁은 다은과 함께 먹었다. 다은은 가스버너를 체육관에 가져다 놓고 직접 밥을 해 먹었다. 식당을 차려도 좋았을 만큼 다은은 음식솜씨가 좋았다. 돼지 목살에 다진 마늘 조금 넣고 대파 한 줄기를 어슷어슷 썰어 넣고 양념을 대충하면 그럴듯한 요리가 완성되었다. 시간도 십 분 정도 걸렸다. 요리라면 젬병인 은영은 다은의 요리 솜씨가 부러웠다. 소박하지만 따뜻하고 맛있는 집밥을 정수에게 차려주고 싶었다. 즉석식품으로 밥상을 차리는 것도 지겨웠다.

"언니 요리하는 거 좀 가르쳐 줘요."

"왜? 요리 못 하니? 결혼 십 년차라면서."

"소질이 없나 봐요."

"소질 없으면 하지 마. 재주 많아 봤자 고생이야. 우리 집에 노는 인간이 넷인데, 내가 일 마치고 집에 갈 때까지 저녁을 안 먹고 기다리고 있어."

다은의 말처럼 인간은 이기적이기만 한 존재인지 모른다.

"부모고 남편이고 잘해줄 거 없어. 호의가 계속되면 권리인 줄 안다잖아. 너도 마찬가지야. 내가 밥을 몇 번 줬더니 이제는 아주 여기를 식당으로 알고 저녁 때마다 찾아오잖아."

"그래서 이제 오지 마요?"

"그건 안 될 소리지. 은영이 네가 안 오면 돼지고기는 누가 사 오니."

체육관으로 저녁을 먹으러 갈 때면 은영은 뭐라도 사 가려고 했다. 두부 한 모, 달걀 한 줄이라도 사 들고 가지 않은 적이 없었다. 다은은 돈 욕심이 많았다. 집에서 놀고 있는 가족들을 부양하는데 돈이 많이 든다지만 그 이상 벌어들이고 있었다. 아침, 저녁 피크타임에는 수강생으로 체육관이 꽉 찰 정도로 장사가 잘됐다. 어린이 시범단은 어떤 대회고 참가만 하면 상을 탈 만큼 실력이 좋았다. 시범단에 들어오겠다는 대기자가 줄을 서 있을 만큼 지역에서 유명했다.

"그렇게 번 돈은 다 어디 갔어요?"

은영이 물은 적이 있었다.

"밑 빠진 독에 물이 차는 거 봤니. 그러니까 내가 수강생 한 명 두고 운동을 하면서 돈을 벌잖니."

"굳이 이렇게까지 해야 해요. 언니 철인이에요?"

"한 사람만 와도 십만 원이야. 십만 원이면 내 딸 주리 놀이치료 두 시간 받을 수 있는 돈이야."

다은은 딸한테 쓰는 돈은 절대 아깝지 않다고 했다.

창문을 활짝 열고 설거지를 했다. 맞바람이 불어와 은영의 머리칼이 사방팔방 날렸다. 다은은 은영한테 가발 벗겨지겠다고 놀렸다. 정작 가발을 쓴 사람은 다은이면서 그랬다. 설거지를 끝내고 창문을 닫고 방향제를 구석구석 뿌렸다. 다은이 방향제를 뿌리는 동안 은영은 커피믹스를 탔다. 커피믹스도 자꾸 마시다 보니까 맛있었다. 은영은 은근히 커피믹스에 중독되어 갔다.

커피를 마시던 다은이 말했다.

"반투위에 들어갔어."

다은은 전세를 살았기 때문에 반투위에 들어가서 돈이며 시간을 뺏길 이유가 없었다. 매립지가 생기면 훌쩍 떠나면 그만이었으니까. 은영은 부동산에 죽치고 앉아서 거래를 방해하고 집마다 돌아다니며 아파트값 내려간다고 불안을 조성하고 다니는 사람들의 정체를 의심하고 있었다.

"언니도 반투위 사람들이 이상하다고 생각하는 거 아니었어요?"

"사실 처음에는 나도 그 사람들에 대해 오해를 좀 했었어. 그런데 알고 보니까 아니더라고."

"부녀회장 때문은 아니고요. 그 여자 체육관 골수 회원이잖아요. 회원도 많이 소개했다면서요. 그 여자한테 넘어간 거죠?"

"은영아, 진정해. 그런 거 아니야. 나도 매립지가 들어오는 거 반대야. 내 딸 주리 깨끗한 환경에서 키우고 싶어. 그래서 들어갔어."

다은이 은영에게 반투위에 들어올 생각이 없냐고 물었다. 은영은 싫다고 했다. 다은은 두 번 다시는 은영에게 반투위에 들어오라는 말을 하지 않았다.

아파트 주민이 주축이 되어 반투위 활동을 할 때는 도시 곳곳에 현수막을 걸고 여기저기를 돌며 매립장 건설 반대 전단을 나눠주는 게 고작이었다. 환경단체 사람들이 대거 들어온 후부터 분위기가 달라지기 시작했다. 붉은 조끼를 맞춰 입은 이삼십 대 젊은 남녀가 조를 짜서 모금함을 들고 도시를 돌아다녔다. 교회, 도서관, 병원, 슈퍼, 파출소, 식당 등 안 가는 곳이 없었다. 활동가들이 지역에 대거 들어왔다. 그중 일부는 매립장 건설 반대에 사활을 걸고 집을 사서 이사를 오기도 했다. 이사를 해서 주민이 된 활동가들은 부녀회장과 동대표를 앞세우고 아파트를 돌며 반투위 가입을 적극적으로 홍보했다. 이때부터 반투위 가입을 안 한 주민에 대한 비난이 거세졌다.

은영은 한참 전부터 초인종 소리에 반응을 안 하고 있었다. 반투위 가입을 권하는 사람들이었다. 그들은 빼먹는 날 없이 하루에 두 번씩 집으로 찾아왔다. 은영은 그들의 기척이 들리면 집에 있는 티를 내지 않으려 노력했다.

하루는 정수가 아무것도 모르고 반투위 주민에게 문을 열어줬다. 반투위 주민 세 사람이 집 안으로 밀고 들어왔다. 그들은 늘 세 명씩 조를 짜서 같이 다녔다. 그들이 집에 못 들어오게 막을 시간도 없이 급하게 그렇게 됐다. 그들은 꼭 할 말이 있다고 했다. 정수가 그들을 소파에 앉게 했다.

반투위 임원들의 설명을 찬찬히 듣던 정수가 말했다.

"지역에 매립지가 들어서게 되어서 주민들이 걱정하는 건 저도 충분히 이해해요. 저희도 매립지가 안 들어오면 좋겠어요. 매립지 반대 서명은 할게요. 반대투쟁위원회라고 했죠? 거기는 가입할 생각이 없어요. 가입하고 안 하고는 자유니까요. 아까 그렇게 말씀하셨잖아요."

반투위 임원들은 처음에는 정수를 설득하려고 했다. 매립지에서 나오게 되는 유독물질로 지역 주민들은 병들게 될 것이고 그결과 지역 상권은 완전히 죽고 집값은 바닥으로 곤두박질칠 것이라고. 겁을 아무리 줘도 정수가 눈도 깜빡하지 않자 그들은 정수를 이기적인 사람으로 몰아갔다. 온 지역 주민이 똘똘 뭉쳐서 투쟁하고 있는데 정수는 행동하지도 않고 그들이 투쟁해서 얻게 될 열매만 따 먹으려 한다고 억지를 부렸다. 정수는 대화가 통하지 않으니 그만 나가 달라고 했다. 반투위 임원들이 무슨 말을 해도 정수는 달라질 것이 없다고 했다. 그들은 집에서 나가려 하지 않았다. 정수를 비난해서 안 되자 은영을 끌고 들어갔다. 왜 가만히 있느냐. 남편을 설득을 해야 할 것이 아니냐면서. 큰소리가 창문을 넘어갔다. 서로 비난하는 말이 수위를 높여갔다.

은영은 가만히 욕실로 가서 경찰에 신고했다. 경찰이 집으로 출동했다. 반투위 임원들은 경찰을 보자 태도가 돌변했다. 자신들은 반대 서명을 받으러 왔을 뿐인데 정수가 폭언과 욕설을 했다고 거짓말을 늘어놓았다. 정수는 경찰에게 차분히 사실을 그대로 말했다.

"욕한 적 없습니다. 욕을 한 건 저 사람들이에요. 저는 내 집에서 나가달라고 했을 뿐입니다."

반투위 임원들은 정수가 거짓말을 하고 있다고 길길이 날뛰었다. 경찰이 반투위 주민에게 물었다. 원하는 게 뭐냐고. 그들은 정수의 진심 어린 사과를 원한다고 했다. 경찰이 정수에게 사과할 의향이 있냐고 물었다. 정수는 사과할 이유가 없다고 대답했다. 사과를 받을 사람은 우리라고도 했다. 경찰이 반투위 주민에게 정수가 욕한 증거가 있냐고 물었다. 욕을 한 증거는 없지만 소리를 지르며 협박을 한 증거는 있다고 했다. 대화 내용을 처음부터 녹취하고 있었던 모양이었다. 그들이 녹취를 증거라고 내놓는다면 욕을 한 사람이 정수가 아니라 그들이었다는 증거가 될 것이다. 사과만 하면 그냥 돌아가겠다고 그들은 반복해서 말했다. 정수는 절대 사과할 생각이 없고 주거침입죄로 고소할 거라고 했다. 경찰은 정수가 문을 열어주고 그들을 집에 들어오게 했기 때문에 주거침입죄에는 해당하지 않는다고 했다. 정수가 문을 열어준 건 맞지만 들어오라고 한 적은 없다. 그들이 마구잡이로 밀고 들어와서 막지 못했을 뿐이다. 정수는 적극적으로 해명을 했지만 반투위 임원들은 말끝마다 꼬투리를 잡고 늘어졌다. 언쟁은 끝날 기미가 보이지 않았다. 옳고 그름이 분명해도 가리는 건 다른 차원의 문제였다. 잘못하지 않았다는 명백한 증거가 없으면 잘못한 게 되어 버리는 세상이었다. 시간이 지나면서 반투위 임원들도 정수도 지쳐갔다. 그날의 불상사는 사과나 고소 없이 어물쩍 넘어갔다.

문제는 그때의 그 반투위 임원들이 매일 집에 찾아온다는 것이다. 시도 때도 없었다. 문을 열 때까지 초인종을 누르고 사람을 괴롭혔다. 경비실에 연락해서 중재를 부탁했지만 소용없었다. 반투위 임원들은 안하무인이었다. 은영은 반투위 주민이라고 하면 치를 떨었다. 정수가 현관문 앞에 CCTV를 설치하고 나서야 잠잠해졌다. 아주 안 찾아오는 건 아니었고 잊을 만하면 한 번씩 와서 반투위 가입을 권했다. CCTV를 설치해서인지 지난번처럼 욕을 하지는 않았다.

학습지 홍보를 하러 알뜰시장에 갔다. 은영은 학습지 교사 일만은 피하고 싶었는데 마땅한 일자리를 찾을 수 없어서 임시로 일을 시작했다. 그런데 활동 지역이 서울에서 경기도로 바뀌는 바람에 기존의 회원을 전부 잃은 상황에서 길거리 영업부터 다시 시작해야 했다. 은영은 지금의 상황이 기가 막히고 억울했지만 먹고 살아야겠기에 거리로 나섰다.

전날 사탕 포장을 하다 베인 상처가 욱신거렸다. 한창 영업을 뛸 때는 한 시간 안에 사탕 포장을 백 개씩하고 그랬다. 오랜만에 일을 하다 보니 실수가 있었다. 손가락을 다치는 바람에 계획했던 것의 삼분의 일밖에 못 했다. 오늘 영업이 잘 될까, 걱정이었다.

회오리 감자와 와플을 파는 천막 옆에 파라솔을 펼쳤다. 유아, 어린이 대상 학습지는 부모를 잡는 게 관건이었다. 하지만 혼자서 학원을 오가는 초등학교 고학년 학생들이 사탕만 죄다 받아 갔다. 오는 애들마다 사탕을 주다 보면 금방 동이 날 것 같았다. 은영은 엄마 없이 오는 애들은 그냥 돌려보내기로 했다.

무료 레벨 테스트 신청서를 작성하던 여섯 살 남자아이를 데리고 온 어머니가 대뜸 물었다.

"선생님 학교는 어디 나오셨어요?"

이런 경우가 처음도 아닌데 은영은 얼굴이 붉어졌다. 일 년이 다르게 학부모들은 무례해졌고 아이들은 영악해져 갔다. 은영은 진저리가 쳐졌다. 아이 어머니가 다시 졸업한 학교를 물어왔다. 졸업한 대학이 자신이 정한 기준에 미달하면 레벨 테스트도 받지 않겠다는 태도였다. 은영은 자퇴한 대학의 이름을 댄다.

"선생님도 좋은 학교 나오신 건 아니구나."

몇 시간째 특별한 성과가 없었다. 젊은 어머니를 잡고 말을 붙이는 것 자체가 어려웠다. 눈이 마주치면 엮이기라도 할까 봐 어린아이를 데리고 나온 어머니들은 은영의 눈을 피했다. 은영은 사람들의 눈만 쳐다보았다. 눈이 마주치면 그 사람은 은영의 말을 들어줄 마음의 준비가 된 사람이었다.

시간도 꽤 지났고 지나다니는 사람도 줄었다. 은영은 그만 들어갈까 싶었다. 정수와 언쟁이 붙었던 반투위 임원들이 전단을 돌리며 은영이 있는 쪽으로 걸어오고 있었다. 은영은 그 여자와 마주치기 싫어서 고개를 옆으로 돌리고 다른 일을 하는 척했다.

"안녕하세요?"

반투위 주민이 인사를 했다. 은영은 자신에게 하는 인사인 줄 알면서도 모르는 척 무료로 배포하는 교재를 정리했다.

"왜 모르는 척하세요? 저 아시잖아요."

은영은 어쩔 수 없어 고개를 들어 가볍게 눈인사했다.

"어떻게 생각 좀 해보셨어요? 웬만하면 가입하시고 저희랑 같이 활동하시죠. 학습지 선생님이면 더 가입해야 하는 거 아니에요? 매립지가 들어서면 이 지역 어린이들 죄다 이사 가고 없을 텐데. 그때 뭐 드시고 사시려고 그래요."

마침, 같이 영업을 나온 교사가 은영을 불렀다. 은영은 옆에 있는 선생들이 그날의 일을 알게 될까 봐 마음을 졸였다. 반투위 주민은 계속해서 은영에게 가입을 권했다. 은영은 이러지도 못하고 저러지도 못하고 가만히 있었다. 지금과 같은 상황은 견디기 힘들다. 당장 집으로 돌아가고 싶었다. 집으로 돌아가면 반투위 주민이 따라올 것 같았다. 혼자서 저 여자들을 상대하는 건 더 싫었다.

"영업 방해 되니까 그만 가주세요."

영업을 같이 하던 선생들이 정색했다. 반투위 임원들은 주위를 살피는 것 같았다. 알뜰시장 상인은 물론이고 행인들도 자신들을 지켜보고 있다는 것을 파악하더니 바로 태도를 바꿨다.

"영업에 방해되면 안 되죠. 오늘은 그냥 갈게요. 다음에 집으로 방문하면 문 꼭 열어주세요."

반투위 임원들이 자리를 떠나자 다들 한마디씩 했다.

"난 저 사람들 저러고 다니는 거 진짜 싫어."

"나도. 어젯밤에도 우리 집에 왔었어. 문을 열었더니 막무가내로 밀고 들어오려고 하는 거 있지. 남편이 집에 있었으니 망정이지 아니었으면 어쩔 뻔했어."

"주민들 대다수가 가입했다고 해서 난 십만 원 내고 가입했어."

"대다수가 가입했다는 거 거짓말이에요."

"왜 십만 원이야? 나한테는 오만 원 얘기하던데."

"저 사람들 하는 일이 그렇다니까요."

대다수 사람은 반투위를 부정적으로 생각하고 있었다. 반투위 가입을 강요하면서 척진 주민이 다수인 듯했다. 은영은 다은이 걱정이 되었다. 여론이 이렇게 안 좋은데 다은이 반투위에 가입했다는 것이 소문이라도 나면 안 될 것 같았다.

이곳에 있는 사람 중에도 반투위에 가입한 주민이 있을 것이고 반투위에 가입은 안 했어도 호의를 가진 사람이 있을 텐데, 그런 사람의 목소리는 들리지 않았다. 사람들이 반투위에 대해 부정적인 의견만 내놓기 때문일 것이다. 이런 분위기에서 반대되는 의견을 내기는 힘든 일이었다.

"요즘 힘들지? 이거 생활비야."

은영은 정수가 내미는 봉투를 의아하게 쳐다보았다.

"뭘 그렇게 놀라. 사람 민망하게. 내가 아무리 생활비를 보탠 적이 없었다고 해도 그런 표정은 좀 아니잖아. 도둑질 한 돈 아니야. 영화 계약했어. 계약금으로 받은 거야."

준비 단계에서 엎어지는 영화, 촬영하다 접는 영화, 편집까지 마쳤는데 개봉을 못 하는 영화도 많다고 들었다. 이제껏 단편영화만 찍었던 이름도 들어 본 적 없는 작은 영화사의 영화가 크랭크인 될 거라고 은영은 믿지 않았다. 그렇다고 해서 기대를 전혀 안 한 건 아니었다. 혹시 저예산으로라도 작품성 있게 찍어서 개봉하면 정수에게는 좋은 기회가 될 것이라고. 그런데 황정민, 제작비 백억, 천만 명 얘기가 나오면서 은영은 마음을 접었었다. 그러다가 결정적으로 배우한테 투자하라는 얘기까지 나왔을 때는 사기를 의심하기도 했었다. 정식으로 계약을 했다니 은영은 잘 될 거라는 기대를 조금 더 품어보았다.

"자기야, 다음 주에 신림동 엄마 우리 집에 올 거야."

은영은 얼떨떨했다. 은영은 신림동 엄마를 본 적이 없었다. 정수의 말을 통해서 듣고 사진을 봤을 뿐이었다. 정수가 열 살, 신림동 엄마가 서른다섯 살 때의 사진이라 그리 현실감이 들지는 않았다. 은영과 정수가 결혼식을 하지 않았기 때문에 만날 기회가 없었다고 할 수도 있지만, 결혼식을 했어도 신림동 엄마가 왔을 것 같지는 않았다. 그녀는 정수를 두고 이혼을 한 것에 대해 죄책감을 심하게 느끼고 있었다. 아들을 제 손으로 키우지도 않았는데 며느리를 만난다는 것을 죄스럽게 생각했다. 다 정수가 은영에게 전해준 말이었다. 그런데 이제 와서 아들의 집에까지 찾아올 이유는 무엇일까. 은영은 본능적으로 긴장했다. 뭔가 이상하다는 생각이 들었다.

"왜 오시는 건데?"

"엄마가 아들 집에 오는 게 이상한 거 아니잖아. 내가 어떻게 사나 궁금하신가 보지."

홍은동 엄마, 시아버지도 찾아온 적 없는 집이었다. 지금 사는 집은 물론이고 신혼집에도 한 번 온 적이 없었다. 그런데 엄마가 아들 집에 오는 게 정상이라고? 정수가 숨기는 뭔가가 있었다. 은영은 정수가 숨기는 게 무엇인지 찾아내야 했다. 정수가 자발적으로 말해 줄 것 같지 않았다.

"며칠 계실 거야."

"자고 가신다고?"

"먼 길 오시는데 당연한 거 아냐."

정수는 서둘러 이야기를 마치려 했다. 정수의 핸드폰이 소파

위에서 반짝였다. 문자가 왔는지 불빛은 금방 사라졌다.

  -은영이 누나한테 말했냐?

  -아니.

  -빨리 말해. 그게 예의야.

  -자연히 알게 될 건데 뭐.

  -모르고 있다가 갑자기 당하면 얼마나 황당하겠냐.

  -몰라.

  -당장 말해. 네가 안 하면 내가 한다.

  -까불지 마. 넌 닥치고 있어.

  -누나 눈에서 눈물 나게 하지 마. 내가 용서 안 해.

뭘 말하라는 거지? 정수가 동기와 주고받은 문자 내용은 은영에게는 암호와 같았다. 은영의 눈에서 눈물이 날 일은 무엇일까? 은영은 조바심이 났다. 정수한테 무슨 일이 생긴 건데, 뭔지를 모르니 답답해 미칠 것 같았다. 그렇다고 정수한테 아는 체를 할 수도 없었다. 시간이 조금만 더 있었더라면 핸드폰을 더 꼼꼼히 봤을 텐데 그 점이 아쉬웠다. 은영은 입술만 잘근잘근 씹으며 버텼다. 어떤 일이 일어나기를.

다은에게 고민을 고백했다.

"거울이나 봐."

은영은 무슨 소린지 못 알아듣고 다은을 멍하니 쳐다보았다.

"지금 네 몰골을 보라고. 얼굴이 그게 뭐냐. 입술은 죄다 부르트고 피부는 푸석푸석하고. 남편이 바람났을까 봐 잠 못 잤니. 다크서클은 또 그게 뭐야."

그제야 은영은 다은이 던져 준 거울을 봤다. 병색이 완연한 얼굴이 거기 있었다.

"여기 누워 봐."

다은이 마스크 팩을 가방에서 꺼냈다. 은영은 다은의 다리를 베고 누웠다. 다은이 은영의 얼굴에 마스크 팩을 올려놓았다. 상큼한 레몬향이 사방으로 퍼졌다.

"남편 엄청나게 잘 생겼던데, 불안할 만도 하지. 은영아, 그렇다고 속 끓이지 마. 바람피울 놈은 도끼눈을 하고 살펴도 바람피우고, 장동건, 정우성처럼 잘생긴 남자 중에도 절대 바람 안 피우는 사람 많아. 네가 걱정하고 말고의 문제가 아니라는 거지. 남편 핸드폰 좀 그만 훔쳐봐. 다 널 위해서 하는 말이야."

"감시하려고 보는 거 아니에요. 혹시 내가 모르는 걱정이 있나 하고."

"애냐. 남편이 애야? 지금, 이 순간부터 다 잊어버려. 일어나지도 않은 일을 미리 걱정하지 말란 말이야. 이거 붙이고 한숨 자다 가."

은영은 잠이 올 것 같지 않았다. 벌써 여러 날 잠을 자지 못했다. 다은이 은영의 가슴을 토닥토닥 두드려 줬다. 은영은 간지러워서 쿡쿡 웃었다.

"웃지 마."

다은이 퉁바리를 줬다.

"화장이라도 좀 하고 다녀. 어린 남자랑 사는 애가 간도 커. 꾸미지도 않고. 너랑 네 남편 같이 다니면 이모랑 조카라고 누가 안 그러냐?"

"아뇨. 남매냐고 자주 물어요."

"왜 자꾸 웃어. 남매라니까 좋아?"

"그게 아니라 간지러워서요."

토닥토닥, 다은이 쉬지 않고 은영의 가슴을 두드렸다. 거짓말처럼 눈이 스르륵 감겼다. 은영은 잠이 들면 안 되는데 생각하다 잠이 들었다.

신림동 엄마가 집에 오기로 한 날이었다. 정수의 피붙이가 집에 오는 건 생전 처음이었다. 은영은 은근히 걱정되었다. 말로만 듣던 시집살이를 하게 되는 건 아닌가 걱정이 되기도 했다.

청소기부터 계절이 지난 옷상자, 다리미, 정리하지 않은 대본과 프로그램 등을 쌓아둔 방을 청소했다. 신림동 엄마가 며칠 지낼 수 있게 침구를 가져다 놓고 옷걸이, 휴지, 쓰레기통, 방향제를 가져다 놓았다. 시장을 보는 것부터 음식 준비까지 다은이 도와주기로 했다. 오전에 수업이 비는 시간에 다은이와 시장을 봤다. 음식은 오후에 수업이 비는 시간에 하기로 했다. 정수는 신림동 엄마를 모시러 나가고 없었다.

은영은 채소를 다듬고 있었다. 다은이 오기로 한 시간에 초인 초인종이 울렸다. 은영은 행주로 손을 닦으며 뛰어나가 현관문을 열었다. 문 밖에 반투위 주민들이 서 있었다.

"오늘은 다행히 집에 계셨네요."

막무가내로 집 안으로 밀고 들어오려는 것을 은영이 막아섰다.

"손님 기다리는 중이에요. 다음에 다시 오세요."

전과 같은 언쟁이 다시 시작되었다. 정수는 은영이 혼자 있을 때 반투위 임원들이 오면 절대 문을 열어주지 말라고 신신당부를 했었다. 반투위 임원들은 은영에게 가입을 안 하는 이유를 따지고 들었다. 당신은 지역 주민 아니냐. 이기적이다. 앞으로 아기 안 낳을 거냐. 매립지 들어오면 기형아를 낳게 될 거다. 그때 후회해 봐야 소용없다. 아파트값은 완전 똥값이 될 것이다, 라며 겁을 줬다. 은영은 이제 그런 말에 겁을 먹지 않았다. 반투위 임원들이 저렇게 떠들고 다니는 통에 아파트 거래는 완전히 막혔다. 은영은 당장 아파트를 파는 것을 포기했다. 부동산 근처를 얼쩡거리지 않은 지 한참 됐다.

"가입 원서에 사인만 하면 돼요. 가입비는 안 내셔도 돼요. 저희 돈 걷는 것 때문에 말이 많은 거 알아요. 그 돈 우리가 사적으로 유용하는 거 아니에요. 투쟁을 하려면 돈 쓸 데가 많아서 그래요. 움직이면 다 돈인 거 아시잖아요. 회비는 투명하게 회계처리 하고 있어요. 그래도 못 믿겠다면 안 내셔도 돼요. 그냥 마음으로만 저희 응원하고 지지해 주시면 돼요. 그 정도는 할 수 있잖아요. 그 정도도 안 하면 나쁜 사람인 거잖아요."

은영은 그만 가주세요, 손님이 오기로 했어요, 다음에요, 다음에 오세요, 다음에 할게요, 같은 말만 반복했다.

"은영아, 무슨 일이야?"

반투위 임원들이 다은을 보고 반투위에 가입하라고 했다.

"전 가입했는데요. 누구세요? 지도부에서 아파트 돌아다니면서 주민들 상대로 가입 강요하지 말라고 지시 내려온 지가 언젠데요."

여자들의 얼굴에 당황하는 빛이 역력했다.

"누구시냐고요?"

여자들은 부리나케 계단을 뛰어 내려갔다. 반투위를 사칭하고 다니면서 후원금을 요구하는 사람들이 심심찮게 있다고 했다. 진짜와 가짜가 섞여 있어서 일반인들이 알아보기 어렵다는 게 큰 문제였다. 관리사무소나 반투위 사무실에서 가입하는 게 제일 정확하다고 했다.

시간이 없어서 바로 요리를 시작했다. 다은은 음식을 하고 은영은 설거지를 했다. 정수가 신림동에서 출발한다는 전화를 해왔다.

"언니 고마워."

다은이 요리를 마치고 앞치마를 벗을 때 은영이 말했다.

"늘 하던 일인 걸. 나한텐 아무것도 아니야. 은영아."

다은이 은영을 불렀다.

"반투위에 가입 안 할래? 우리와 같이 하자. 아니다. 내가 너한테 괜히 부담을 줬어. 아니야. 못 들은 걸로 해."

은영은 여전히 가입할 생각이 없었다. 다은이 저렇게 나오자 은영은 다은이 불편했다. 다은은 어쩌자고 불편하게 이러는 것일까. 은영은 심기가 나빴다.

"그만 갈게. 수업 시간 다 됐어."

다은이 급하게 신발을 찾아 신었다. 은영은 그녀의 뒷모습을 쓸쓸히 쳐다보았다. 은영은 다은이 도대체 왜 반투위에 가입했는지 아직 그 이유를 모르겠다.

"언니."

은영은 다은을 불러 세웠다. 지금 하지 않으면 다시 하지 못할 말이었다.

"반투위 임원들이 전부 다 이상한 사람이라고 난 생각 안 해. 진짜 순수하게 지역을 위해서 우리 아파트를 위해서 뛰는 분들도 있겠지. 그중에 사기꾼이 섞여 있을 거라는 생각은 안 해?"

"은영이 네가 오해하는 게 있는 거 같은데 그런 거 아냐. 반투위 임원들 전부 다 순수한 주민들이야."

"근데 난 왜 자꾸 아닌 거 같지. 소문도 그렇고."

"은영아, 잘 알지도 못하면서 그러는 거 아냐. 네가 지금 네 입으로 말하고 있잖아. 소문이라고. 반투위에 가입해서 적극적으로 활동해 보면 알 거 아니야. 우리가 사기꾼인지 아닌지. 그렇게 하기 싫으면 입이라도 닫고 있어 줄래. 은영이 너 같은 사람이 소문을 만들어내서 퍼트리는 거야."

은영은 할 말이 없었다. 다은이 하는 말이 다 맞는지 모르겠다. 주제도 모르고 남의 일에 함부로 끼어드는 게 아니었다. 하지만 은영은 다은이 남이라고 생각하지 않았다. 은영, 다은. 그녀들은 자매의 이름을 가졌다. 처음 만난 날 다은이 말하지 않았던가. 친 자매처럼 지내자고. 은영은 다은이 걱정되었다. 그래서 반투위 문제에 더 예민했던 건지 모른다.

"난 그냥 언니가 걱정되어 그랬던 거예요. 모르고 오해한 거라 면 미안해요."

다은은 은영의 사과를 바로 받아줬다. 미안하다고 사과도 했 고. 어쩐 일인지 화해를 한 뒤에도 은영은 기분이 찝찝했다.

"육 개월만. 죽을 때까지 모시자는 것도 아니잖아."

방문 너머 신림동 엄마가 이야기를 다 듣고 있겠다고 생각하니 은영은 쉽게 말이 나오지 않았다.

"의논은 했어야지. 갑자기 이러는 법이 어딨어?"

"의논했으면 허락했고? 솔직히 그동안 너 편하게 살았잖아. 남 들처럼 명절 스트레스 한 번 받은 적 없이."

용달차 한 대 분량의 짐이 고스란히 거실에 쌓여 있었다. 신림 동 엄마의 전 재산인 전세금은 고스란히 영화사에 투자금으로 들어갔다. 은영은 이런 법이 어디에 있냐고 정수를 몰아붙이긴 했지만 어쩔 수 없는 상황이었다.

베란다에 가전제품을 층층이 쌓았다. 옷가지는 신림동 엄마가 쓰는 방에 박스째 쌓았다. 은영과 정수의 겨울옷을 수납한 박스 위에 쌓았더니 박스가 천장까지 닿았다. 그릇이며 밀폐용기 중 대부분은 버리기로 했다. 코팅이 벗겨진 프라이팬, 변색한 양은 냄비, 이가 나간 사기그릇, 김칫국물이 배인 밀폐용기, 사은품으로 받은 머그잔 등이었다. 안 그래도 좁았던 집이 창고형 할인 매장처럼 짐으로 가득 찼다. 대충 짐 정리를 마쳤더니 저녁 여덟 시가 훌쩍 지났다.

은영은 낮에 다은이 만들어 놓고 간 음식을 데웠다. 정수와 신림동 엄마는 소파에 텔레비전을 켜고 앉아 있었는데 말 한마디가 없었다. 그 어색한 기운이 주방까지 전해져 왔다. 은영은 침을 꿀꺽 삼켰다. 이렇게 어색한데 앞으로 육 개월을 어떻게 버틸까 싶었다. 말이 육 개월이지 일 년이 될지 이 년이 될지 알 수 없었다. 투자금은 다시 돌려받을 수 있을까. 은영은 투자금을 돌려받지 못하리라는 불길한 예감에 사로잡혔다. 그러고 보면 며칠 전에 정수가 계약금이라고 가져온 돈이 사실은 신림동 엄마의 돈이었다. 잡채를 무친다고 잠깐 한눈을 팔다가 소불고기를 태우고 말았다. 은영은 타지 않은 고기를 골라서 접시에 담았다. 소불고기도 신림동 엄마의 돈으로 산 것이다. 은영은 기분이 몹시 좋지 않았다.

저녁상을 앞에 두고 세 사람이 모여 앉았다. 밤 아홉 시였다.

"불고기 간이 잘 됐구나. 맛있어."

은영은 자신이 만들지 않은 음식에 대한 칭찬에 뭐라고 답해야 할지 몰라 어색하게 네에, 라고 대답했다.

"우리 자기가 만든 거 아니야. 친구가 만들어 놓고 간 거야. 요리 엄청 못 하거든."

정수가 눈치 없이 끼어들었다. 은영은 얼굴이 화끈거렸다. 신림동 엄마는 별말 없이 밥을 먹었다. 식욕이 없을 만도 한데 다들 밥을 잘 먹었다. 사실 체면을 차리기 어려울 만큼 허기가 진 상태였다.

아버지한테서 전화가 왔다. 은영은 통화 거절 버튼을 눌렀다. 신림동 엄마와 처음으로 같이 밥을 먹는 자리인데 전화를 받겠다고 자리를 뜨고 싶지 않았다. 아버지한테 또 전화가 왔다. 은영은 다시 통화 거절 버튼을 눌렀다. 아버지가 마지막으로 전화를 한 것은 이틀 전 새벽이었는데 밤에 잠이 오지 않는다고 전화를 했었다. 아버지한테서 문자가 왔다.

'은영아, 집이 무너질 거 같아. 여기에 지진 났어.'

정수가 텔레비전을 켰다. JTBC에서 뉴스 속보가 나왔다. 아버지가 있는 도시에서 오후 일곱 시 사십사 분과 오후 여덟 시 이십삼 분 각각 규모 5.1, 5.8의 강진이 잇따라 발생했다. 지진으로 고층 건물의 천장이 내려앉고, 담장이 무너지고, 건물 외벽에 금이 가고 상가의 통유리창이 박살이 났다.

아버지는 전화를 받지 않았다. 통화량 폭주로 전화 연결이 지연되고 있었다. 아버지는 지은 지 사십 년이 넘는 슬레이트 지붕의 농가주택에 살고 있었다. 시내에서 한참 떨어진 지역으로 아버지의 직장인 공장과 가까이 있었다. 월세는 저렴한데 근처에 인가가 없다는 것이 단점이었다.

당장 아버지한테 내려가겠다는 은영을 정수가 말렸다.

"내일 나랑 같이 내려가."

"아버지가 전화를 안 받잖아."

신림동 엄마가 은영에게 차분히 기다려 보라고 했다. 정수도 같은 말을 반복했다. 은영은 계속해서 아버지한테 전화를 걸었다. 정수가 은영의 전화를 뺏었다.

"전화 좀 그만해. 계속 그렇게 전화를 해대니까 통화량 폭주로 연결이 안 되는 거잖아."

정수한테 아버지는 남이구나. 은영은 생각했다. 전화도 자주 하고, 아들처럼 살갑게 굴고, 목욕탕에 가서 등도 밀어주지만 정수한테 아버지는 남이었다. 은영은 이렇게 애가 타는데 걱정이 돼서 소파에 엉덩이를 대고 앉아 있을 수 없는데 정수는 담담했다.

겨우 아버지와 전화가 연결되었다. 여진이 간간이 있어서 아버지는 집을 나와 공장에 가 있다고 했다. 공장에는 아버지 말고도 대피한 직원이 여럿 있었다. 지진이 또 올 것이 두려워 모두 공장의 공터에 모여 있다고 했다. 은영은 내일 바로 내려가겠다고 했고 아버지는 올 필요 없다고 했다. 아무렇지도 않다고. 여긴 위험하니까 한동안 내려올 생각 말라고도 했다.

주방은 깨끗하게 치워져 있었다. 은영이 전화기를 붙들고 발을 동동거리는 동안 신림동 엄마가 설거지를 해놓았다. 신림동 엄마는 씻고 방으로 들어간 후였다. 아무 일 없을 거라고, 그러니 걱정하지 말라고, 정수가 은영을 다독였다.

광장

은영은 학습지 교사를 완전히 그만두었다. 십 분 수업하고 이 집에서 저 집으로 하루에 적게는 대여섯 곳 많게는 십여 곳을 옮겨 다니는 데 신물이 났다. 학부모들 상대로 전집 장사를 하고, 영업을 통해 새로운 신입회원을 계속해서 받고, 주위 사람을 학습지 교사로 끌어들여서 한 달에 손에 쥐는 돈이 이백오십만 원 전후였다. 그것은 은영이 십 년을 노력해서 얻게 된 자리로 학습지 교사를 갓 시작하는 이들에게 은영은 부러움의 대상이었다. 그것도 다 이사 오기 전의 상황이었다. 지금 사는 지역에 학습지 시장은 벌써 포화 상태였고 은영이 발붙일 자리는 남아 있지 않았다. 일주일에 대여섯 집을 다녀서는 수익이 나는 게 아니라 마이너스였다.

은영은 다은의 소개로 반투위에서 사무직으로 일자리를 얻었다. 오전 열 시부터 오후 다섯 시까지 근무고 최저시급으로 계산해서 받기로 했다. 밥값과 교통비로 삼십만 원이 따로 책정되었다. 은영이 일자리를 찾으면 언제고 그만둘 수 있다는 조건이었다. 반투위 투쟁이 언제 끝날지 모르지만 의외로 해결이 빨리 날

수도 있었다. 그러면 은영은 바로 직장을 잃게 되는 것이다. 말 그 대로 임시직이었다.

은영은 아침마다 공사 현장 부근에 있는 컨테이너로 출근했 다. 컨테이너, 네 개를 위아래로 쌓아 놓은 구조물인데 위층의 컨테이너는 숙소로, 아래층은 사무실로 사용했다. 은영이 근무 하는 십여 평의 사무실은 늘 사람들로 붐볐다. 그래서 바쁘고 시끄럽고 정신없이 돌아갔다. 은영이 주로 하는 업무는 언론을 상대하는 일이었다. 지상파부터 지역신문까지 모든 언론사에 매주 우리 지역의 상황을 알리는 보도 자료를 만들어서 배포했 다. 매일 방송사에 전화해서 취재 요청을 하는 것도 주요 업무 였다. 모든 신문을 읽고 우리 지역의 기사가 있으면 스크랩을 했 다. 반투위의 활동 동영상을 유튜브에 올리는 것도 은영의 일이 었다. 그 외에도 시간이 날 때마다 잡다한 일을 해야 했다. 플래 카드 시안을 만들거나 시위 때 마실 생수를 주문하기도 했다. 은영을 제외한 절대 다수의 사람들은 자원봉사자들이었다. 이 지역 주민이 많았지만, 전혀 상관없는 지역에서 도와주러 오는 사람들도 있었다.

반투위는 밖에서 보는 것과 전혀 달랐다. 일부 과격한 주민들 이 있긴 했다. 반투위 활동에 적극적이지 않은 주민들을 비난하고 적대시하면서 분쟁을 자꾸 일으켰다. 과격한 반투위 임원들이 부정적인 영향만 미치는 건 아니었다. 행동해야 할 때 그분들은 누구보다 적극적으로 나섰다. 전문 시위꾼이 섞여 있다는 소문은 사실이 아니었다. 부동산에서 거래를 막고 있었던 사람들의 정체는 반투위 주민이 아닌 용역들이었다. 반투위에 대해서 악의적인 소문을 내고 다니는 사람들 또한 용역들이었다. 거기다 반투위 주민인 척 아파트를 돌아다니며 기부금 명목으로 삼만 원, 오만 원씩 받아 가는 사람들 때문에 반투위의 이미지가 나날이 나빠지고 있었다. 그런 사람을 잡기도 힘들었고 설령 잡는다고 해도 그 사람들이 잡아떼면 어찌해볼 도리가 없었다.

퇴근 시간이 가까워져 오면 은영은 손가락 하나 까딱하기 힘들 정도로 지치고 말았다. 은영은 시장을 봐서 서둘러 집으로 돌아갔다. 집 안에 어른이 두 분이나 있었다. 여진이 계속되는 도시에 아버지를 버려둘 순 없었다. 싫다는 아버지를 정수와 은영이 끌고 오다시피 했다. 짐이 잔뜩 쌓인 좁은 아파트에 다 같이 사는 게 불편했지만 달리 방법이 없었다. 방이 두 개뿐이라 정수와 아버지가 한방을 썼고 은영과 신림동 엄마가 같은 방을 썼다.

아버지는 온종일 안방에서 꼼짝을 안 한 듯했다. 식탁에 차려 놓은 점심에 손도 대지 않았다. 아버지는 은영이 왔는데 내다보지도 않았다. 신림동 엄마는 외출하고 없었다. 도우미 일을 나간 듯했다. 정수가 말려도 소용없었다. 정수나 은영이 집을 비우면 신림동 엄마는 바로 일을 나갔다. 사돈인 아버지와 단둘이 좁은 집 안에 있는 것이 불편하기도 했을 것이다.

은영이 안방 문을 벌컥 열었다. 아버지는 이불을 둘둘 말고 방바닥에 누워 있었다. 꼭 빨래하려고 뭉쳐 놓은 이불 모양이었다.

"멀쩡한 침대 놔두고 왜 자꾸 방바닥에 누워 계세요?"

아버지는 대답이 없었다.

"점심은 왜 또 안 드셨어요? 아버지 저 너무 속상해요. 도대체 왜 그러세요. 불만이 뭐예요?"

은영은 이불을 들추었다. 아버지가 태아처럼 동그랗게 웅크리고 있었다.

"아버지, 저랑 얘기 안 하실 거예요?"

아버지가 심하게 잠긴 목소리로 말했다.

"나 집에 갈란다."

"아버지한테 집이 어딨어요?"

"집이 왜 없어. 내 집으로 갈란다. 여긴 너무 좁고, 답답해. 일을 안 하니 곧 죽을 것 같아."

아버지가 다달이 십만 원을 내고 살았던 농가주택은 지난번 지진 때 부엌 쪽 벽면이 무너져 내렸다. 은영이 시에 지진 피해 신고를 했다. 며칠 후 시에서 지진 피해 조사를 한다고 공무원이 나왔다. 은영은 무너져 내린 벽을 보여주었다. 오후에 인부 몇이 집으로 찾아와서 무너진 벽면을 천막으로 가려주고 갔다. 그것으로 복구공사는 끝이라고 했다. 흙으로 지어진 집이었다. 언제 또 무너질지 몰랐다. 더구나 진도 이점 대의 여진이 계속해서 일어나고 있었다. 은영은 아버지를 그 집으로 돌려보낼 수는 없었다.

"몇 달만 참아요. 보증금 구하면 아버지가 싫다고 해도 방 구해서 보내드릴 테니까요."

아버지가 밥을 먹지 않으려고 해서 은영이 직접 떠먹였다. 아버지는 반 그릇도 먹지 못했다. 식사를 마치고 나서 사이다를 드렸더니 그건 잘 마셨다. 아버지는 식사하고 꼭 탄산음료를 드셨다. 은영의 집으로 옮긴 후 생긴 습관이었다.

은영은 가슴이 답답해서 밖으로 나왔다. 신림동 엄마는 아직 돌아오지 않았다. 정수는 촬영을 마칠 때까지 친구 집에서 지내겠다고 짐을 챙겨 나갔다. 은영은 놀이터에 앉아 정수가 촬영장에서 찍어서 보내준 사진을 봤다. 정수는 환하게 웃고 있었다. 진정으로 행복한 웃음이었다. 은영은 정수라도 행복하니 다행이라고 생각했다.

다은은 은영과 정수의 관계가 정상적인 부부의 모습이 아니라고 꼬집은 적이 있었다. 둘은 모자처럼 보인다는 것이다. 오누이처럼 보인다는 소리를 들은 적은 있지만 모자라니 그런 말은 또 처음 들었다. 다은이 그 말을 처음 해주었을 때 은영은 아니라고 했다. 그런데 시간이 지나고 다은의 말을 계속 곱씹어 볼수록 그 말이 맞다는 것을 깨달았다. 은영은 정수한테 주고, 주고 또 주고 아낌없이 주면서 행복감을 느꼈다. 그것은 남녀의 사랑이 아닌 모자의 사랑에 가까운 건지 모르겠다.

체육관에 들렀다. 한창 운동 중이었다. 은영은 운동에 방해가 되지 않게 조용히 탈의실로 갔다. 회원이 눈에 띄게 줄어들었다. 예전 같았으면 팔이 옆 사람한테 닿을 만큼 체육관이 회원들로 가득 찼을 것이다. 이렇게 되면 경제적인 타격이 있을 텐데 걱정이었다. 용역들의 체육관 영업 방해는 노골적이었다. 악의적인 헛소문을 퍼트리고 체육관 주변을 어슬렁거리며 수강생에게 겁을 줬다. 다은한테는 반투위에서 나올 것을 요구하면서 매립장 건설 찬성 서류에 사인할 것을 강요했다. 다은은 용역들에게 강경하게 나갔다. 경찰에 영업 방해로 여러 번 신고를 넣기도 했다. 그때마다 용역들은 무혐의로 풀려났다. 다은은 경찰도 한패라며

이를 갈았다. 은영은 알고 싶었다. 오늘 다은에게 물을 것이다. 불이익을 당하면서까지 반투위에 발을 담그고 있는 이유를.

이자카야에서 사케를 마셨다. 은영은 작심하고 물었다.

"언니 반투위에 참여하는 특별한 이유가 있는 거지? 왜 그러는지 솔직하게 말해줘. 오늘은 꼭 들어야겠어."

은영은 자리가 어색해서 젓가락만 만지작거렸다. 다은이 솔직하게 자신의 속마음을 얘기했다.

"이 얘긴 지금까지 아무한테도 한 적 없어. 은영이 너한테 처음 하는 거야. 그리고 마지막으로 하는 거기도 하고."

은영은 고개를 들어 다은을 쳐다보았다. 다은의 목소리가 너무 비장해서였다. 은영은 괜히 부담스러웠다. 한 사람이 평생을 짊어지고 가야 하는 비밀이란 얼마나 대단한 것일까. 혹은 무서운 것일까. 은영은 듣고 싶지 않다고 말하고 싶었다. 동시에 엄청나게 궁금하기도 했다.

"내가 원래부터 비염기가 좀 있었거든. 환절기만 되면 콧물에 코막힘에 시달렸어. 주리 임신하고 증상이 더 심해졌어. 수업은 해야 하는데 약도 못 먹고. 그냥 악으로 깡으로 버텼지. 잠도 못 자고 나중에 코를 어떻게 해버리고 싶더라고. 그때 병원에서 그러더라고, 가습기가 좋다고. 잘 때는 물론이고 평소에도 틀어 놓고 지내라고."

여기까지 말하고 다은은 술을 마셨다. 은영은 조용히 다은의 다음 말을 기다렸다.

"가습기를 틀어 놓으니까 숨 쉬는 게 확실히 편하더라고. 임신 기간 내내 가습기를 끼고 살았어."

비염, 임신, 가습기 이런 게 매립지 반대하는 것과 도대체 무슨 관련이 있는지 모르겠다. 은영은 긴장이 풀어졌다. 술기운이 올라서 그런 건지도 몰랐다.

"가습기에 세균이 그렇게 많이 산다며. 생활 정보를 알려주는 티브이 프로그램에서 그러더라고. 물로만 씻어서는 살균이 제대로 되지 않는다고. 가습기 전용 세제를 사용하는 게 좋다고. 그걸 보고 마트에서 가습기 살균제를 샀어. 아침저녁으로 가습기 살균제를 이용해서 가습기를 청소했어."

다은은 주리가 장애를 가지고 태어난 것이 임신 중 사용한 가습기 살균제 때문이라고 의심하고 있었다. 과학적 증거는 없었다. 주리의 폐는 깨끗했다. 문제는 주리의 머리에 있었다. 다은은 가습기 살균제가 주리의 뇌 발달에 악영향을 미쳤을 것으로 믿고 있었다.

"내 잘못인 거잖아. 모르고 사용했어도 그건 내 잘못이야. 전문

가라는 타이틀을 달고 텔레비전에 나와서 떠들어대는 얼간이들의 말을 아무 의심 없이 믿었어. 주리가 장애를 가지고 태어난 건 다 내 잘못이야."

"언니 잘못이 아니에요. 그렇게 생각하지 말아요. 자책하는 건 주리를 위해서도 좋지 않아요."

"고맙지만 은혜이 네가 그렇게 말해주는 거 나한테 전혀 위로가 안 돼. 난 이 이야기를 남편한테도 친정엄마한테도 하지 않았어. 주리가 이렇게 태어난 것에 대한 책임이 고스란히 내게 올까봐 그게 무서워서 아무한테도 말을 못 해. 정말 내게 책임이 전혀 없는 것일까."

은영은 그때 생각했다. 다은은 그 죄책감 때문에 주리는 물론이고 가족과 남편에게 희생하는 거라고.

"은영아, 몰랐다고 해서 죄가 안 되는 건 아니야."

다은은 결국에는 매립지가 들어설 거라고 했다. 우리가 열심히 투쟁하지 않아서도 아니고 매립지가 여기 들어서는 게 정당해서도 아니었다. 우리가 매일 쓰레기를 배출하는 이상 어딘가에는 매립지가 만들어져야 한다. 매립지는 혐오시설이고 그 시설을 반길 지역은 어디에도 없었다. 제주 강정기지나 밀양의 송전탑과는 다른 차원의 문제인 것이다.

"근데 왜 반투위에 있는 거야?"

"알려주려고, 우리가 이렇게 지켜보고 있다는 것을."

출근 준비를 하고 있는데 비상 연락망이 울렸다.

-매립지 공사 강행. 반투위 주민은 즉시 공사장으로 모일 것.

은영이 공사장에 도착했을 때 다행히 공사는 중지된 상태였다. 반투위 임원들이 포클레인 앞에 대자로 누워서 공사를 방해했기 때문이었다. 시간이 지날수록 공사장에 드러눕는 주민의 수는 늘어갔다. 은영은 신문사와 방송사에 연락을 취했다. 오전 수업이 비는 시간에 다은이 공사장에 왔다. 다은은 쉬러 왔다고 했다. 그러더니 공사장에 가서 대자로 누웠다. 다은은 공사장에 대자로 누워서 삼십 분을 자다가 갔다. 연락을 취했던 지역 신문사에서 취재를 나왔다. 오후에는 지역 방송사에서 나와서 공사 현장에 누워 있는 주민들을 촬영해 갔다.

주민들과 적극적으로 대화에 나서지 않고 시공사를 전면에 내세워 공사를 강행하려 했던 시청의 태도에 주민들은 분노했다. 반투위 가입 여부와 상관없이 온 지역민이 다 분노했다. 반투위에서는 일주일에 한 번 토요일 밤에 열었던 촛불문화제를 일주일에 두 번 수요일 밤과 토요일 밤에 열기로 했다. 공사장 농성도 강화하기로 했는데 인원을 줄여서 밤에도 농성을 이어가기로 했다. 반투위 가입 주민이 일시적으로 폭발적으로 늘었다.

안 좋은 소식이 반투위 사무실에 전달되었다. 공사 중지 임시 처분 소송에서 시청이 승소했다는 것이다. 주민들은 그 사실을 쉽게 받아들이지 못했다. 사무실에 냉기가 흘렀다. 집행위원장은 시에서 공사를 강행할 것을 염려했다. 공사장 야간 농성을 강화하라는 지시가 내려왔다. 공사 중지 가처분 소송에서 시청이 승소했다는 뉴스가 인터넷 신문을 비롯해 지방 신문에 도배 수준으로 실렸다. 우리 지역에 대해 언론이 이렇게 관심이 많았나 싶었다.

두 주일 만에 정수가 집에 오는 날이었다. 정수의 출연 분량은 촬영을 다 마쳤다. 어쨌든 촬영은 막바지에 다다랐다. 입 밖에 낸 적은 없지만 영화사가 촬영을 무사히 마칠 거라고 은영은 생각하지 않았다. 은영은 사무실에 얘기하고 일찍 퇴근했다. 정수는 못 보는 사이 살이 좀 내리긴 했지만, 눈빛이 유난히 반짝였다. 정수의 주변에서 행복의 기운이 넘실거렸다. 신림동 엄마가 닭볶음탕을 끓이고 있었다. 닭볶음탕은 정수가 좋아하는 음식이었다. 언젠가부터 음식이며 청소 등 집안일은 신림동 엄마의 몫이 되어 버렸다. 신림동 엄마가 한 음식은 맛있었고 신림동 엄마의 손길이 닿은 집안은 윤이 났다. 아버지는 오랜만에 깨끗이 씻고 거실에 나와 있었다. 정수가 바둑판을 들고 나왔다. 아버지는 바둑 두는 것을 좋아했다.

가족이 모두 식탁에 둘러앉았다. 이인용 식탁이라 의자가 부족했다. 화장대 의자를 놓고도 의자가 모자라서 은영과 정수가 궁둥이를 붙이고 의자 하나에 같이 앉았다. 다 같이 한 식탁에 둘러앉아 밥을 먹는 것은 이번이 처음이었다.

정수는 촬영장에서 있었던 에피소드를 이것저것 얘기했다. 정수는 유난히 밝았고 그 밝음이 가족들에게도 전해져 식사하는 내내 분위기가 좋았다. 아버지도 오랜만에 식사를 잘하셨다. 신림동 엄마는 여전히 말수가 없었지만, 얼굴은 밝아 보였다.

"그만 내려갈란다."

아버지가 정수를 보고 말했다.

"뉴스 보니까 여진도 많이 줄었고 괜찮은 거 같더라."

은영도 정수도 더는 아버지를 잡아둘 명분이 없었다. 은영의 집에서 아버지가 불행하다는 것은 가족 모두가 아는 사실이었다. 다만 전에 살던 집으로는 돌려보낼 수 없었다. 방을 새로 얻어야 했는데 보증금이 없었다. 은영은 오백에 이십오만 원 하는 방보다 삼백에 삼십만 원하는 방을 얻으려 했다. 그런데 삼백만 원을 모으는 게 이렇게 힘들 줄 몰랐다. 은영이 반투위 사무실에서 받는 월급만으로는 매달 마이너스였다. 신림동 엄마가 생활비에 보태라며 어떤 날은 오만 원 어떤 날은 삼만 원 이렇게 쥐어 주는 돈이 아니라면 대출 이자도 내지 못했을 것이다. 삼백만 원 모으는 게 이렇게 힘든데 겁도 없이 억대의 빚을 내서 집을 샀다. 이억 원에 산 집이 삼억이 되고 사억이 되는 꿈을 꾸면서 말이다. 은영처럼 집이 한 채인 사람은 집이 일억 오천으로 떨어지든 삼억이 되든 사실은 아무 상관이 없었다. 가족이 사는 집을 올랐다고 내다 팔 수도 없는 노릇이었다.

"홍은동 엄마한테 빌려볼게. 영화 개봉하면 갚겠다고 하고."

은영은 그러지 말라고 했다. 본가에서는 정수가 고등학교를 졸업한 이후로 학비를 제외한 어떠한 돈도 지원해 주지 않았다. 밥을 굶고 노숙을 하는 한이 있더라도 정수는 본가에 돈 얘기를 하지 않았다. 어차피 도움을 받지 못할 것을 알기 때문이었다.

"하지 마. 돈 얘기 절대 하지 마. 빌려와도 안 쓸 거야."

아버지가 거실에서 정수를 불렀다. 바둑 두다가 어디 간 거냐고.

"내가 알아서 할게. 걱정하지 마."

정수가 집안일에 이렇듯 신경을 쓴 건 처음 있는 일이었다. 정수도 나이를 먹는 것일까. 그래서 변한 것일까. 은영은 정수의 이런 변화가 좋은 징조인지 나쁜 징조인지 알 수 없었다.

비상 연락망으로 연락이 왔다. 용역들이 사무실에 난입해서 집기를 부수고 있다고 했다. 반투위 주민 전원은 사무실로 집결하라는 문자였다. 은영은 가방을 챙겨 들고 급하게 방에서 나왔다.

"어디 가니?"

과일을 깎다 말고 신림동 엄마가 물었다.

"사무실에요."

검은 돌을 들고 바둑판을 들여다보던 정수가 의아한 눈길로 은영을 쳐다보았다.

"퇴근한 거 아냐?"

"갑자기 사무실에 일이 생겨서, 금방 갔다 올게. 아버지, 저 나갔다 올게요."

은영은 운동화를 구겨 신고 밖으로 뛰어나갔다. 정수가 은영을 부르는 소리가 등 뒤에서 들렸다. 은영은 뒤돌아보지 않았다.

용역들이 사무실 집기를 엉망으로 부숴놓았다. 컴퓨터며 프린터, 책상, 정수기뿐만 아니라 커피믹스는 봉지를 일일이 뜯어 내용물을 바닥에 뿌리고 캐비닛에 쌓아둔 에이포 용지는 죄다 못

쓰게 만들었다. 낮 시간대라 반투위 사무실에 모인 주민들은 노인이거나 여자들이 대다수였다. 자원봉사자 남학생들과 사무실을 지키던 몇몇 남자들은 용역에게 대항하다가 심하게 맞았다. 용역들은 이미 망가진 물건들을 재차 때려 부수며 주민들을 겁줬다.

용역들이 사무실을 막고 있어 은영은 사무실 안으로 들어가지 못했다. 은영은 뭘 해야 할지 몰랐다. 은영이 경찰에 신고한 것만 두 번이었다. 경찰이 몇 번은 오고도 남았을 시간이 지났는데 감감무소식이었다. 은영의 옆에 서 있던 주민이 말을 걸어왔다.

"경찰들 일부러 늦게 오는 거죠?"

은영은 잘 모르겠다고 대답했다.

"제가 다시 신고할게요."

그렇게 말하고 은영이 전화를 하려고 하자 옆에 서 있던 주민이 은영을 막았다.

"신고는 우리도 할 만큼 했어요. 그보다 증거 사진을 찍어 놓는 게 좋지 않을까요? 대신 들키면 안 돼요. 아까도 동영상 찍다가 용역들한테 들켜서 핸드폰 뺏긴 사람 봤거든요."

은영은 조심스럽게 동영상을 촬영했다. 용역들이 여러 겹으로 사무실을 가로막고 있어서 촬영이 쉽지 않았다. 그런데 정말이지 경찰은 왜 안 오는 것일까. 은영은 심장이 졸아들었다.

"야! 거기 핸드폰 내놔."

은영은 핸드폰을 바지 주머니에 쑤셔 넣고 모르는 척했다. 손발이 덜덜 떨렸다. 은영은 침착하려 노력했다.

"핸드폰 내놓으라고."

용역이 은영의 멱살을 잡아 끌어냈다.

"핸드폰은 왜요?"

목소리가 심하게 떨린다는 걸 은영도 느꼈다.

"노인네랑 여자들은 건드리지 말라고 해서 지금 참고 있는 거다. 그니까 좋은 말 할 때 내놔."

용역이 은영의 바지 주머니에서 핸드폰을 강제로 빼가려 했다. 은영은 핸드폰을 뺏기지 않으려 몸을 웅크렸다. 용역의 거친 손바닥이 은영의 뺨을 갈겼다. 사방에서 비명이 터져 나왔다. 은영은 바닥에 고꾸라졌다. 은영은 핸드폰을 쥔 손을 끝까지 놓지 않았다. 용역이 은영의 손을 가차 없이 밟았다. 눈앞에 섬광이 비치면서 엄청난 통증이 몰려왔다. 은영은 통증이 너무 심해 감각이 사라진 손을 몸으로 끌어당겼다. 용역은 핸드폰이 완전히 망가질 때까지 밟고 또 밟았다.

은영은 입원하지 않고 바로 퇴원했다. 골절된 부위는 없고 손가락 인대가 늘어나서 부목을 대고 붕대를 감았다. 진통제를 처방받아서 응급실을 빠져나왔다. 용역한테 맞은 뺨이 부풀어 올라 앞이 잘 안 보였다. 눈두덩이도 시퍼렇게 멍이 들었다. 시력에 문제가 생길 수 있으니 안과에 가서 정밀진단을 꼭 받아보란 의사의 소견이 있었다.

응급실에서 집에 돌아올 때까지 정수는 단 한마디도 하지 않았다. 가족들은 은영의 기대를 저버리고 잠자리에 들지 않고 기다리고 있었다. 은영은 엉망이 된 얼굴을 차마 아버지한테 보여드릴 수가 없었다. 옷으로 얼굴을 가리고 고개를 숙여 보아도 상처는 다 가려지지 않았다.

아버지가 은영과 눈도 못 마주치고 물었다.

"입원 안 해도 괜찮다니?"

"네. 걱정 안 하셔도 돼요."

은영은 푹 잠긴 목소리로 대답했다. 말이 입 밖으로 나오지 않아 더는 말을 하지 못했다.

"그래. 쉬어라. 오늘은 내가 거실에서 자마."

아버지는 거실에 깔아 놓은 이불 속으로 들어갔다. 이불을 덮고 겨울잠을 자는 두꺼비 같았다. 신림동 엄마는 한마디도 하지 않고 서 있다가 아버지가 자리에 눕자 방으로 들어갔다. 은영은 한 마디도 묻지 않는 신림동 엄마가 고마웠다.

"당장 그만둬."

방문을 닫자마자 정수가 말했다. 크지 않은 목소리였지만 단호했다.

"그만두면?"

"그 꼴을 하고도 계속 나가겠다고? 제정신이야? 내가 처음부터 반대했잖아. 거기 나가지 말라고. 그때 너 뭐라 그랬니. 잠깐 있는 거라며 다른 일자리 찾을 때까지 잠깐. 한 달 못 채우고 나올 수도 있다고 했었잖아."

"다른 일자리가 없는 걸 어떡해."

"찾아보긴 하고."

은영은 할 말이 없었다. 돈 때문에 반투위 사무실에 나가기 시작했지만, 시간이 지나면서 뭔가 달라졌다. 일이 재미있었다. 정말 일이 재미있다기보다는 뭔가 가치 있는 일을 하고 있다는 생각이 들어서 재미있다고 느끼는 것 같았다.

"나는 이 일이 좋아. 돈 때문 아니고, 일을 하다 보면 보람 있어. 내가 아주 중요한 일을 하는 사람인 거 같아서 자존감도 높아져. 같이 일하는 분들은 나를 존중해줘. 나도 그분들을 존중하고. 아르바이트할 때나 학습지 교사를 할 때는 못 느껴보던 감정이야. 그때는 내가 벌레처럼 느껴졌어."

"연기 다시 시작해. 그럼 되잖아. 너도 연기하고 싶어 했잖아. 그러니까 연기하면서 자존감도 회복하고 존중도 받아. 그럼 됐지. 내일부터 나가지 마."

"내가 일을 안 하면 생활비는? 네가 벌어올 거야? 당장 뭐 먹고 살아?"

"아이씨!"

정수는 화를 참지 못하고 소리를 질렀다.

"진짜 문제가 뭐야? 생활비야? 자아실현이야? 뭔데 도대체?"

은영은 입술만 잘근잘근 깨물고 있었다.

"하고 싶은 말 해. 나한테 할 말 없어?"

"다른 일 구할게. 진짜야. 구할 때까지만 일 나갈게. 집에 돈이 한 푼도 없어. 일 못 쉬어."

은영은 이번에도 먼저 물러나고 말았다. 다친 부위가 아프고 너무 피곤했다.

"돈, 돈, 돈. 돈 몇 푼 벌어오는 게 그렇게 유세할 일이야. 내가 갚는다잖아. 성공해서 몇 배로 갚는다고 늘 말했었잖아. 그리고 이제 얼마 안 남았잖아. 어떻게 너는 매번 돈 가지고 나를 묵사

발로 짓뭉개냐. 진짜 질린다. 넌더리나."

정수는 평소처럼 은영을 버려두고 집을 나가지 않았다. 대신 소리 내어 울었다. 감정이 북받쳐 터져 나오는 울음을 본인도 어찌하지 못했다. 은영은 정수를 안아주지 않았다.

은영은 사무실에 못 나갔다. 몸이 아파서 꼼짝을 할 수 없었다. 정수는 은영의 옆을 지키고 있었다. 신림동 엄마는 삼시 세끼 다른 죽을 끓였다. 아버지는 나간다, 라는 쪽지 한 장을 남기고 새벽에 떠났다. 쪽지 밑에 현금 삼십만 원이 들어 있었다. 은영도 정수도 잠을 자느라 아버지가 나가는 걸 알지 못했다.

은영은 종종 한쪽 벽면이 무너진 방에 앉아 뭔가를 먹고 있는 아버지의 모습을 상상했다. 아버지는 이제 다시는 안락한 집에서 따뜻한 저녁을 먹을 수 없을 것이다. 그렇게 된 데 아버지의 잘못은 없었다.

다은이 병문안을 왔다. 점심시간에 짬을 내 잠깐 들른 것이다. 정수는 다은이 집으로 오는 것을 탐탁하게 여기지 않았다. 그런데도 은영이 다은을 불러들이자 미용실을 다녀오겠다며 자리를 피했다. 신림동 엄마는 아침 일찍 외출하고 없었다. 은영이 좋아하는 해산물이 듬뿍 들어간 피자를 다은이 사 왔다. 패스트푸드에 길들여진 은영의 입맛은 쉽게 바뀌지 않았다.

라지 사이즈 피자 한 판을 둘이서 다 먹어 치운 후, 다은이 우편물을 꺼내놓았다. 녹차를 우릴 물을 올려놓고 은영은 다은이 내민 우편물을 훑어보았다.

"구상권을 청구한다는 우편물이야."

"언니한테요?"

"나 말고도 몇 분 더 받았더라고."

시에서 다은이 공사를 방해했다는 증거수집 자료로 내놓은 것은 신문에 실린 사진 한 장이었다. 공사를 막기 위해 주민들이 포클레인 앞에 누워서 농성하던 날 찍힌 사진이었다. 붉은색 가발 머리에 형광 민소매 티를 입고 다은이 누워 있는 사진이었다. 누가 봐도 사진 속의 인물은 다은이었다. 농성할 때는 채증을 염두에 두고 모자나 마스크로 얼굴을 가리라고 했는데 그 규칙을 지키는 주민은 많지 않았다.

"일억 구천만 원이나? 이걸 언니보고 다 내라는 거예요? 이 금액의 산출 근거는 뭐고요?"

"협박용인 거 같아. 공사가 지연되면서 시공사에서 십삼억인가를 손해 봤다는데, 그걸 어떻게 믿어."

반투위 임원들이 술렁이고 있다고 했다. 채증을 당할 것을 두려워해 농성장에 나오는 주민이 오 분의 일로 줄었다. 그나마 규칙적으로 나오던 소수의 주민도 뒤늦게 구상권 청구 소식을 듣고 돌아가는 분들이 많았다. 일억 구천이면 아파트 가격이었다. 매립지를 반대하는 주민은 집을 팔고 떠나라는 건가. 은영은 사진을 찍힌 적이 있었는지 곰곰이 생각해 봤다. 주로 사무실에 있었고 가끔 보도 자료를 만들 때 사용할 사진을 찍으러 농성장에 잠시 올라갔다 왔다. 큰 문제는 없을 듯했다.

"이제 어쩔 거예요?"

"모르겠어. 너무 깊게 들어간 거 같기도 하고. 왜 하필 내가 저들의 타깃이 됐는지 모르겠다. 은영아, 나 슬슬 걱정돼."

무섭지 않다면 거짓말일 것이다. 주민들 대부분이 괜한 불똥이 튈까 두려워하고 있었다.

은영은 반투위 사무실에 나가지 않았다. 정수가 홍은동 엄마한테서 돈을 빌려왔다. 무슨 말을 했기에 수전노 같은 홍은동 엄마가 돈을 빌려줬는지 모르겠다. 얼마를 빌렸는지도 모르겠다. 그 돈은 아마도 빌려줬다기보다는 유산으로 알고 먹고 떨어지라는 뜻의 돈은 아니었을까. 어째서 더 가진 사람들은 덜 가진 사람들보다 인색한가. 정수는 빌린 돈에서 삼백만 원을 떼서 방을 구하라고 아버지한테 보냈다. 은영한테는 오백만 원을 줬다. 신림동 엄마한테도 돈을 좀 보낸 것 같은데 신림동 엄마는 받지 않고 다시 정수의 계좌로 돈을 돌려보냈다.

반투위는 해체된 것이나 다름없다는 소문이 돌았다. 다은의 말에 의하면 그건 과장된 헛소문이었다. 아직 주민 삼백여 명이 남아 있었고 그들은 끝까지 투쟁을 이어갈 것이라고 했다. 반투위에서는 법정 투쟁과 정치적 투쟁, 투 트랙으로 활동을 이어갔다.

은영은 볼펜으로 뒤꿈치를 콕콕 찔렀다. 자해하는 버릇이 또 나온 것이다. 뒤꿈치에 새카맣게 딱지가 앉았다. 외출은 하지 않고 종일 베란다에 나가 서성였다. 끼니를 자주 빼먹었다. 나날이 살이 빠졌다. 신림동 엄마는 어디 아픈 게 아니냐고 자꾸만 물었다. 매일 조금씩 죽음이 다가왔다. 은영은 온몸으로 그 기운을 느낄 수 있었다.

오랜만에 다은이 전화를 했다. 구상권 청구 소송을 당한 이후로 다은은 반투위 활동에 더 열성이었다. 폭행의 상처는 완전히 사라졌지만, 은영은 외출을 자제하며 조용히 지내고 있었다. 자연히 두 사람은 만나거나 연락하는 횟수가 줄었다.

은영은 자해해서 생긴 상처에 연고를 바르다가 전화를 받았다. 다은의 목소리는 밝았다.

"은영아, 좋은 소식이야. 환경부 환경 영향 평가에서 공사 중지 명령 받아냈어."

"진짜? 잘 됐다. 그럼 매립지 백지화되는 거야?"

"바로 그렇게 되는 건 아니지만 예감이 좋아."

다은은 반투위의 소식을 자세히 알려주었다.

"은영아, 사무실에 다시 안 나올래? 다들 너를 그리워하고 있어. 우린 네가 필요해."

은영은 몸이 좋지 않다고 더 쉬고 싶다고 말했다. 다은은 더 강요하지 않았다. 몸 잘 챙기라고 또 연락하겠다고 말하고 다은은 전화를 끊었다.

치과에 가서 신경치료를 받았다. 양치할 때마다 잇몸에서 피가 나는 걸 계속 방치했다. 잇몸이 심하게 부어서 밥알이 굴러다니기만 해도 통증이 심했다. 치과에 갔더니 신경치료를 받아야 한다고 했다. 치과에서 나와 빵집에 갔다. 식빵 한 뭉치와 신림동 엄마가 좋아하는 슈크림 빵을 샀다. 미용실 앞을 지나다가 쇼윈도에 비친 얼굴을 보았다. 머리카락이 덥수룩했다. 미용실을 언제 마지막으로 갔었는지 기억이 가물거렸다. 은영은 미용실에 들어가서 커트를 했다.

반투위 사무실 앞까지 오고 나서야 은영은 오늘 진짜 가려고 했던 곳이 이곳이었다는 것을 깨달았다. 다은이 은영을 반겨주었다. 안면이 있는 주민도 있었고 처음 보는 낯선 사람도 있었다.

"언니가 이 시간에 웬일이세요? 수업 없어요?"

"수강생이 몰리는 시간대로 아침에 두 타임, 저녁에 두 타임만 하기로 했어. 체육관에 종일 매달려 있어 봐야 얼마 더 벌지도 못하더라고."

다은의 얼굴은 밝아 보였다.

"구상권 청구한 건 어떻게 됐어요?"

"소송 중이지 뭐. 요즘은 모자하고 마스크로 철저하게 가리고 농성장 가잖아."

은영은 이 지루한 싸움이 영원히 끝날 것 같지 않았다. 다은은 이제 시작이라고 말했다.

매립지가 들어선다는 소식이 전해지면서 주민들이 크게 반발해서 일어나고 아파트 호가가 떨어지기만 할 때는 당장 큰일이 나는 줄 알았다. 지역을 떠나는 주민이 눈에 띄게 많았다. 당연히 빈 집이 늘었다. 하지만 그건 일시적인 현상이었다. 시간이 지나면서 떠났던 주민의 수만큼 새로운 주민이 이사를 왔다. 두 사람 이상 모이기만 하면 매립지 이야기에 열을 올리던 주민들도 웬만한 소식에는 무덤덤해졌다. 아무리 저러고 설쳐봐야 안 돼. 부정적으로 말하는 사람과 아예 무관심한 사람이 동시에 늘어났다. 서서히 망각에 빠지는 사람들이 늘었다. 사람들은 너무 쉽게 분노하고 너무 쉽게 잊어갔다.

아침이고 저녁이고 비상 연락망이 울리면 은영은 공사 현장으로 달려갔다. 현장까지 십 분 안에 도착하는 게 목표였다. 그 시간을 맞추려면 비상 연락망이 울리고 오 분 안에 주차장으로 내려와서 같이 이동할 주민의 차에 올라타야 했다. 공사 현장에 도착해서는 온몸으로 중장비를 막아섰다.

은영은 사이렌 소리에 잠이 깼다. 사방이 칠흑처럼 어두웠다. 수면 바지 위에 아무렇게나 파카를 걸치고 핸드폰만 챙겨서 주차장으로 내달렸다. 어둠 속에서 누군가 외치는 소리가 들렸다.
"용역들이 전기를 끊었어. 개새끼들."
반대투쟁위원회 주민들은 비상 상황 매뉴얼에 따라 자신들이 타야 할 자동차에 올라탔다. 은영이 자동차에 올라타며 다은에게 물었다.

"언니, 무슨 일이에요?"

"새벽에 행정대집행 들어갔대."

"새벽에요? 오늘 토요일이잖아요. 휴일에는 한 번도 이런 일 없었는데."

"뒤통수를 제대로 맞은 거지. 용역들이 지킴이들 핸드폰을 뺏은 모양이야. 그래서 연락이 늦게 된 거고. 현장에 가봐야 알겠지만, 상태가 심상치 않아."

"전기는 왜?"

"반투위가 공사 현장에 못 오게 하려고 그런 거겠지."

마지막 주민이 자동차에 올라탔다. 뒷자리 가운데 앉은 은영은 몸을 한껏 움츠렸다. 자동차가 급하게 출발했다. 아파트 베란다에서 한 입주민이 주차장에 대고 소리쳤다.

"그만들 좀 해. 시끄러워 못 살겠네. 백날 그래 봐라, 그게 되나. 지금껏 나라에서 하는 일 막아서 성공한 사람을 못 봤어."

이러고 욕을 섞어가며 악담을 퍼부었다. 다은은 거기에 뒤질세라 운전하다 말고 창문을 열고 소리쳤다.

"아저씨, 도와줄 거 아니면 조용히 해요. 우리 동네에 매립장

들어서면 우리만 죽는 거 아니에요. 다 죽는다고요."

아파트 단지를 빠져나오자 주위는 논밭으로 변했다. 조명이 환하게 켜져 있어 멀리서도 공사 현장이 보였다. 공사 현장에 도착했을 때는 이미 상황이 끝난 뒤였다. 반투위 사무실로 쓰던 컨테이너는 흔적 없이 사라졌다. 소형냉장고, 가스버너, 정수기, 전기주전자, 쟁반, 각종 티와 간식거리 등 컨테이너 박스 안에 있어야 할 물건들이 공터 한가운데 쌓였다. 반투위가 공사 차량의 접근을 막으려고 폐목재를 쌓아서 만든 바리케이드는 철거되고 없었다. 대신 중장비 기계가 입구를 단단히 막고 섰다.

공무원 삼백팔십오 명, 경찰 오백여 명, 경비용역업체 사백여 명이 공사 현장을 이중삼중으로 포위한 후였다. 이백여 명의 반투위 임원들은 죽기 살기로 덤벼들었다. 경비용역업체는 끝장을 보고 말겠다는 듯 강경하게 나왔다. 공사 재개를 두고 몇 번의 무력 충돌이 있었지만, 오늘처럼 살벌하진 않았다. 시가, 공무원들이 주민에게 이렇게까지 할 줄은 미처 몰랐다.

은영은 주민들이 무자비하게 당하는 모습을 멀뚱히 보고 서 있다가 용역에게 머리채를 잡혔다. 끌려가지 않으려 발버둥 쳐보지만 소용없었다. 은영의 머리채를 잡아끌고 가던 용역의 머리를 다은이 쟁반으로 내리쳤다. 은영의 머리채를 놓은 용역이 다은에게 달려들어 주먹을 휘둘렀다. 다은은 지지 않고 용역의 다리를 잡고 늘어졌다. 용역은 워커를 신은 발을 들어 다은의 머리를 내리찍었다. 다은의 머리에서 피가 분수처럼 터져 나왔다. 은영은 비명을 지르며 용역의 등에 올라타 있는 힘껏 목을 물어뜯었다.

은영은 배를 움켜쥐고 바닥을 뒹굴었다. 하늘색 수면 바지가 금세 붉게 물들었다. 은영은 고통이 극심해서 비명조차 지를 수 없었다. 저만치 바닥에 머리를 처박고 다은이 쓰러져 있는 모습이 보였다. 다은의 머리 주변으로 진득한 액체가 퍼져나갔다. 주민들의 날카로운 비명, 발길질하던 용역은 뒷걸음질 치고, 주민들이 다은에게 다가갔다.

은영은 이 도시로 이사 온 것을 내내 후회했다. 몰랐어도 될 세상, 모르는 게 더 나았을 세상, 그 세상으로 기어들어온 것은 은영이었다. 차가운 바람이 뺨을 때리자 은영은 몸을 부르르 떨었다. 허기가 졌다. 뜨끈한 칼국수가 먹고 싶었다. 새벽 동이 희뿌옇게 터오는 게 보였다. 은영은 반투위의 투쟁이 실패했음을 받아들였다. 주민들의 상당수가 고령자이다 보니 사상자가 많았다. 주민들은 상처의 경중에 따라 다른 병원으로 이송되었다.

다은의 상태는 심각했다. 출혈이 심했고 의식도 없었다. 대학병원의 응급실로 이송되어 뇌수술을 받았다.

은영은 가까운 곳에 있는 여성병원으로 옮겨졌다. 은영은 의사가 하는 말을 이해하지 못했다. 임신한 적이 없는데 어떻게 유산이 되었다는 것인지 모르겠다. 의사는 임신초기라 산모가 미처 인지하지 못했을 수도 있다고 했다. 급하게 수술을 해야 하니 보호자를 부르라고 했다.

정수가 신림동 엄마와 함께 병원에 왔다. 정수는 말없이 은영을 안아주었다. 괜찮아, 괜찮아. 그 말을 반복했다. 은영은 뭐가 괜찮다는 것인지 모르겠다. 신림동 엄마는 저만치 떨어져 있었다. 은영은 손을 들어 신림동 엄마를 불렀다. 신림동 엄마가 은영의 손을 잡아 주었다. 손이 따뜻했다.

그날의 일은 은영에게 문신처럼 각인되었다. 그 후 오랫동안 병원 치료를 받았지만, 그 일이 일어나기 전으로 돌아갈 수는 없었다. 그렇다고 삶이 전혀 다른 방향으로 흘러간 건 또 아니었다. 은영은 여전히 생활을 위해 노동을 해야 했고, 남들보다 하나라도 더 가지려고 아등바등하며 살았다. 이따금 생각해 볼 때가 있다. 다은을 만나지 않았더라면 어땠을까 하고. 그랬다면 지금보다 행복했을까? 모를 일이었다. 인생이란 다 살아보지 않고는 알 수 없는 영역이었다.

은영은 베란다 창밖으로 계절이 바뀌는 걸 두 번 지켜봤다. 그 사이 정수가 출연한 영화가 개봉했다. 은영이 생각했던 것보다 많은 팔십 개의 스크린이 잡혔다. 독립 장편영화가 이만큼 스크린을 잡기도 어려웠다. 상영시간은 아쉬웠다. 주로 아침이거나 늦은 밤 시간대였다. 관객 수는 십만에 못 미치는 구만육천 명대를 기록했다. 독립 장편영화로는 나쁘지 않은 관객 수였다. 흥행에 성공했다고 말하는 이들도 있었다. 정수는 중견 기획사와 신인으로는 나쁘지 않은 조건으로 계약을 했다.

정수는 은영이 다시 연기를 시작하기를 바랐다. 은영은 자신이 정말 원하는 게 무대에 서는 것인지 알 수 없어졌다. 연기를 그만두고 생활인으로 살았던 시절에도 은영은 배우의 꿈을 완전히 접지 않았다. 아침저녁으로 스트레칭을 해서 몸이 굳지 않게 했다. 정수한테는 운동 삼아 하는 거라고 거짓말을 하면서. 정수가 늦게 들어오는 날 밤에는 발음을 교정해 주는 마우스피스를 물고 책을 읽었고, <백세개의 모노로그>를 손에서 놓지 않았다. 은영은 스스로에게 물었다. 네가 정말 원하는 게 배우의 삶이냐고. 몰라. 나도 몰라. 그것이 대답이었다.

헐값에 아파트를 팔고 신림동에 전세를 얻었다. 신림동 엄마가 신림동이 집값, 물가 다 저렴하고 살기 편하다고 해서 내린 결정이었다. 신림동 엄마의 집과 은영의 집은 걸어서 오 분 거리에 있었다. 은영은 신림동 엄마와 같이 살고 싶었는데 신림동 엄마가 같이 사는 것보다 근처에 사는 게 더 좋겠다고 해서 그렇게 한 것이다.

은영은 오전에 분식집에서 김밥을 마는 아르바이트를 하고 오후에는 유튜브를 보면서 집을 꾸몄다. 시트지를 사다 싱크대에 붙였더니 싱크대가 새것처럼 바뀌었다. 용기를 내어 주방 타일을 싹 다 바꿨다. 가까이서 보면 지저분하기도 하지만 멀리서 보면 그럴듯한 주방이 완성되었다. 은영은 수전 교체도 혼자서 척척 해냈다. 저녁에는 대학로에 있는 연습실에 나가서 조연출로 활동했다. 과거에 비해서 연출 진입 장벽이 낮아져서 졸업하고 바로 연출로 입봉하는 경우가 많아지다 보니 대학로에서 조연출 구하기가 하늘에 별 따기가 되었다. 조연출을 뽑는데 경력도 나이도 중요하지 않았다. 성실성 그것 하나면 충분했다. 지난 이십년 간 성실하게만 살아왔던 은영에게 조연출만큼 적성에 맞는 직업도 없었다.

그해 겨울 광화문에서 촛불문화제가 크게 열렸다. 은영과 정수도 매주 대통령 퇴진을 외치며 같이 행진했다. 시위대와 경찰의 충돌 없이 집회는 무사히 끝났다.

은영은 경찰과 공무원의 비호 아래 용역깡패가 주민을 무차별 폭행했던 그날이 떠올랐다. 가슴이 뛰고 숨이 막혔다. 공황 증상은 짧지만 강하게 지나갔다.

밤이 늦어서야 집회는 끝났다.

"서둘러, 이러다 광역버스 막차 놓치겠어."

은영은 정수의 소매를 잡아끌었다.

"집 팔았잖아. 자꾸 장난치지 마."

"아, 알았어."

은영은 그녀 명의로 처음 가지게 된 복도식 아파트가 여전히 잘 있는지 궁금했다.

"추위 속의 이 고생이 허무하게 좌절되진 않겠지?"

지하철 역사를 향해 종종걸음 치며 정수가 물었다.

"그럼, 봄이 오면 다 좋아질 거야."

에필로그

중국에서 시작된 전염병이 전 세계를 휩쓸었다. 공연장은 일제히 문을 닫았다. 은영이 일 년여를 공들여 만든 공연이 무대에 오르기 열흘 전에 일어난 일이었다. 정수가 촬영 중이던 영화는 엎어졌다. 전염병의 악영향으로 촬영이 길어지면서 추가 제작비를 감당하지 못한 프로덕션이 부도를 맞은 것이다. 은영은 손소독제를 만드는 공장에 취직했고 정수는 배달 일을 시작했다.

몇 달 그러다 말 줄 알았던 전염병은 좋아졌다 나빠지기를 반복하며 이 년 넘게 계속되었다. 전세 계약기간이 돌아왔다. 2년 동안 무섭게 치솟은 집값을 반영한 전세금은 은영이 감당할 수 없는 액수였다. 계약갱신청구권을 쓰려고 했지만 그것도 여의치 않았다. 당장 다음 달이면 집을 비워줘야 하는데 가진 돈으로 구할 수 있는 집이 없었다. 외곽으로 눈을 돌렸지만 이미 경기도도 오를 만큼 오른 뒤였다.

은영은 그날도 아침부터 서둘러 전셋집을 알아보러 경기도 외곽으로 나갔다. 차가 없어 대중교통을 이용하려니 여간 힘든 게 아니었다. 앱을 보고 저렴한 전셋집을 찾아다니던 중 익숙한 길이 눈에 들어왔다. 몇 년 전, 은영이 살았던 지역을 버스가 관통하고 있었다. 즉흥적으로 버스에서 내렸다. 내리고 보니 매립장 공사장 입구였다. 몇 년 사이 매립장 공사는 끝났고, 시청에서 주민의 복지향상을 위해 지어주기로 했던 수영장 공사가 한창이었다. 겉으로 보기에 매립장은 깨끗하게 잘 관리되고 있었다. 은영은 자판기에서 음료수를 뽑아 벤치에 앉아서 마셨다.

쿨 토시를 양팔에 끼고 챙이 커다란 모자를 쓰고 걷기 운동을 하던 여자가 은영에게 다가와 아는 체를 했다. 그 여자는 다은의 체육관에 다니면서 반투위 활동을 열심히 하던 부녀회장이었다.

"맞지? 체육관 관장이랑 붙어 다녔던."

은영은 어떻게 지냈냐고 여자한테 물었다.

"우리야 늘 똑같지 뭐. 지역과 아파트 발전을 위해서 열심히 일하고 있어. 매립지가 완공되고 나서는 환경감시단으로 활동해. 남는 시간에는 이렇게 운동도 하고."

더는 할 말이 없었던 은영은 미소만 지었다. 자리가 불편했다.

"우리 아파트 가격 엄청나게 올랐는데 알아? 자기 그때 아파트 팔고 갔지. 아까워서 어쩐대."

부녀회장의 말에 은영은 억지웃음도 지을 수 없게 되었다. 은영은 바쁘다고 핑계를 대고 자리에서 일어났다. 부녀회장이 은영의 팔을 잡았다.

"여기까지 왔는데 체육관에 들러 봐. 둘이 친했잖아."

그때 마침 버스가 정류장에 정차했다. 은영은 도망치듯 부녀회 장에게 인사하고 버스에 올라탔다.

두 정거장을 더 가 버스에서 내렸다. 버스정류장 앞에 있는 부동산에서 붙여놓은 매물 정보를 봤다. 치솟은 아파트 가격에 입이 떡 벌어졌다. 지금 집 전세 보증금과 예금을 합쳐도 전에 살았던 복도식 아파트의 월세 보증금도 되지 않았다. 은영은 못 볼 걸 보기라도 한 것처럼 눈을 질끈 감고 그 자리를 벗어났다.

체육관이 있는 골목으로 들어갔다. 간판이 조금 낡은 듯 보이기도 했지만 체육관은 여전히 건재했다. 체육관의 창문이 열려 있었다. 그 사이로 꽃이 만개한 제라늄 화분이 보였다. 은영은 그대로 한참을 서 있다가 건물 안으로 들어갔다. 엘리베이터 앞에 서서 또 한참을 가만히 있었다. 엘리베이터가 오르락내리락하며 사람들을 실어 날랐다.

가기로 했던 부동산에서 전화가 왔다.

"사모님 어디세요? 왜 아직 안 오세요. 주인집 사모님이 외출해야 해서 약속 늦지 말라고 했잖아요. 어떻게 집 안 보실 거예요?"

"다 왔어요. 금방 갈게요."

은영은 전화를 끊고 서둘러 밖으로 나왔다. 건물 밖으로 나오자 별안간 눈이 부셨다. 눈이 시려 한참 동안 눈을 뜰 수가 없었다. 눈은 서서히 빛에 익숙해졌다. 은영은 고개를 돌려 체육관이 있는 삼층을 올려다보고 싶은 것을 참고 그대로 걸어 나아갔다.

작가의 말

이 소설을 쓰는 내내 우울했다. 집중해서 소설을 쓰다 보면 곧장 화자의 감정에 동화되곤 하는데 이번 소설은 그 정도가 심했다. 쓸 때는 몰랐는데 완결하고 봤더니 은영은 여러모로 나를 닮았다. 겁 많고, 나서기 싫어하고, 마음을 쉽사리 열지 못하는 것도 비슷하지만, 무엇보다 무주택자라는 큰 공통점이 있다. 은영처럼 나도 한때 아파트를 소유한 적이 있다. 유명 건설사의 꽤 큰 평형의 아파트였는데, 새 아파트인데다 대단지라 살기 나쁘지 않았다. 문제라면 아파트 단지에서 멀지 않은 곳에 고압 송전탑이 여러 개 있다는 것뿐이었다.

뉴스를 보는 것이 무섭던 시절이 있었다. 굴착기에 몸을 묶어 목숨을 담보로 송전탑 건설을 막던 '밀양' 할머니들의 모습이 아직 뇌리에 남아 있다. 제주 강정마을에서는 해군기지 건설 반대로, 삼척에서는 원전 유치 갈등으로 시끄러웠다. 사유재산과 지역공동체를 지키려는 개인과 국가의 이익을 앞세운 정부가 자주 대립했는데, 2010년대가 유독 갈등이 심했다. 그렇게 우울했던 시절을 소설의 배경으로 가져왔다.

〈2020년 우주의 원더키디〉를 보며 자란 세대로 지금의 현실이 여러모로 아쉽다. 행성 탐험은커녕 날아다니는 자동차도 없는 2020년이라니……. 매일 문 앞에 쌓이는 택배 상자와 배달 음식을 먹고 남은 플라스틱 쓰레기들, 카페를 점령해 버린 키오스크가 오늘날 우리의 현실이다. 그나마 위안이 되는 건 누리호 발사가 성공적으로 이뤄졌고, 코로나19의 출현 이후 사회 갈등이 잠시나마 소강상태라는 점이다. 외계인이 지구를 침공하면 우리끼리의 대립과 반목이 완전히 사라지지 않을까? 이런 엉뚱한 상상도 해본다.

초고를 완성하고 내가 잠시 소유한 적이 있는 아파트를 보러 갔다. 아파트 단지를 둘러싸고 있던 고압 송전탑이 싹 사라지고 없었다. 근처 부동산에 가서 사정을 알아봤더니 고압 송전탑 매설 작업을 마친 지 몇 년 지났다고 한다. 주민들의 지속적인 노력이 결실을 본 것이다. 지금도 어디선가 가족과 공동체를 위해 싸우는 분들이 있다면 응원한다. 개인의 기본권과 행복권이 국가 권력에 의해 침해되는 일이 점점 줄어들다가 결국에는 영영 사라졌으면 하고 바라 본다.

2022년 8월

서경희

복도식 아파트

초판 1쇄 발행 2022년 8월 8일

지 은 이 서경희
펴 낸 인 서경희
펴 낸 곳 문학정원

편   집 김지혜
디 자 인 서승연, 헤리
출판등록 제2021-000346호
전   화 070-8065-4766
팩   스 070-8015-6863
주   소 서울시 마포구 성지길 25-11 지층 707호 (합정동)

ISBN 979-11-977224-4-8 (03810)
ⓒ 서경희 2022